文庫書下ろし／長編時代小説

大義

鬼役 九

坂岡　真

光　文　社

この作品は光文社文庫のために書下ろされました。

目次

※巻末に鬼役メモあります

幕府の職制組織における鬼役の位置

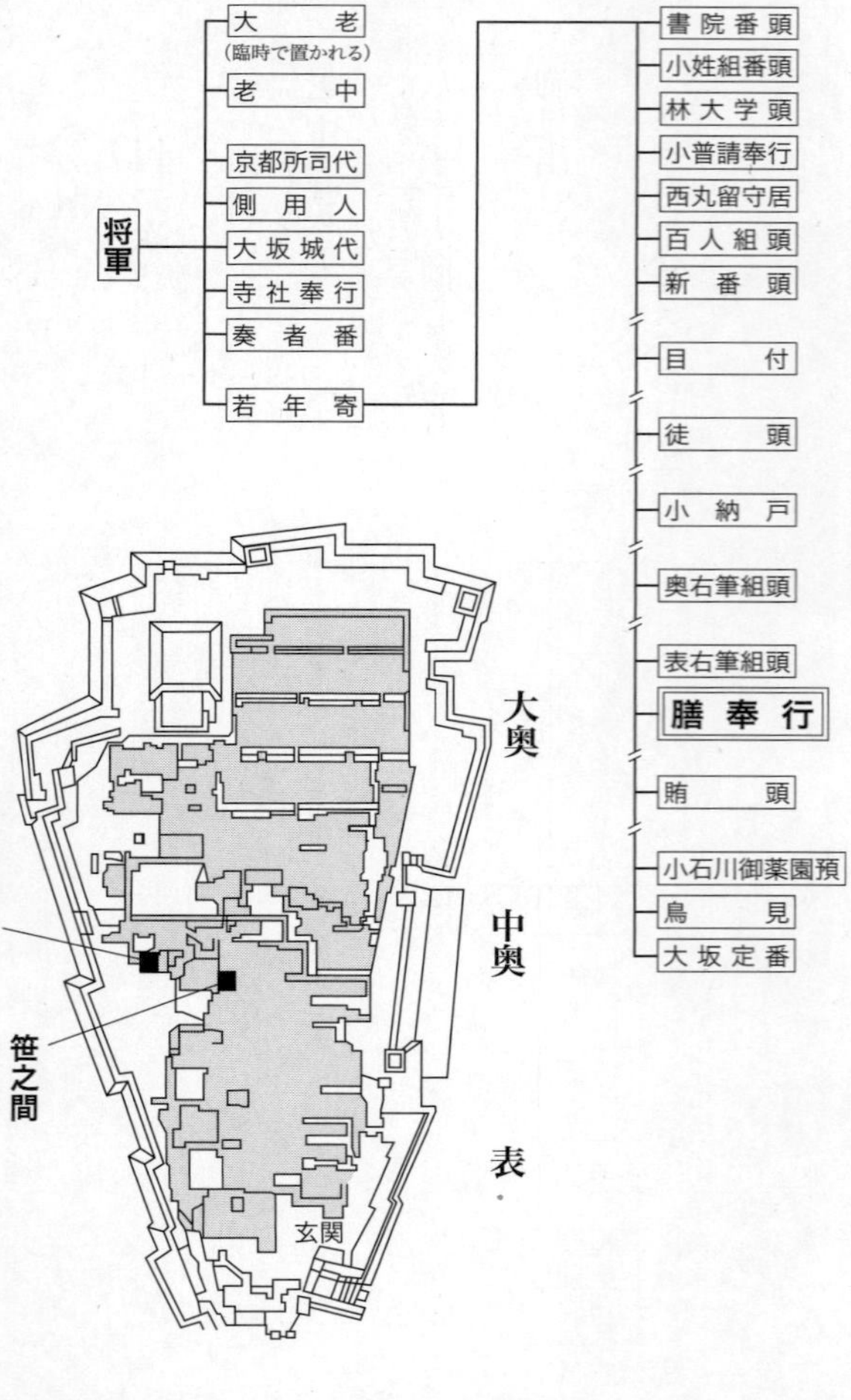

鬼役はここにいる！

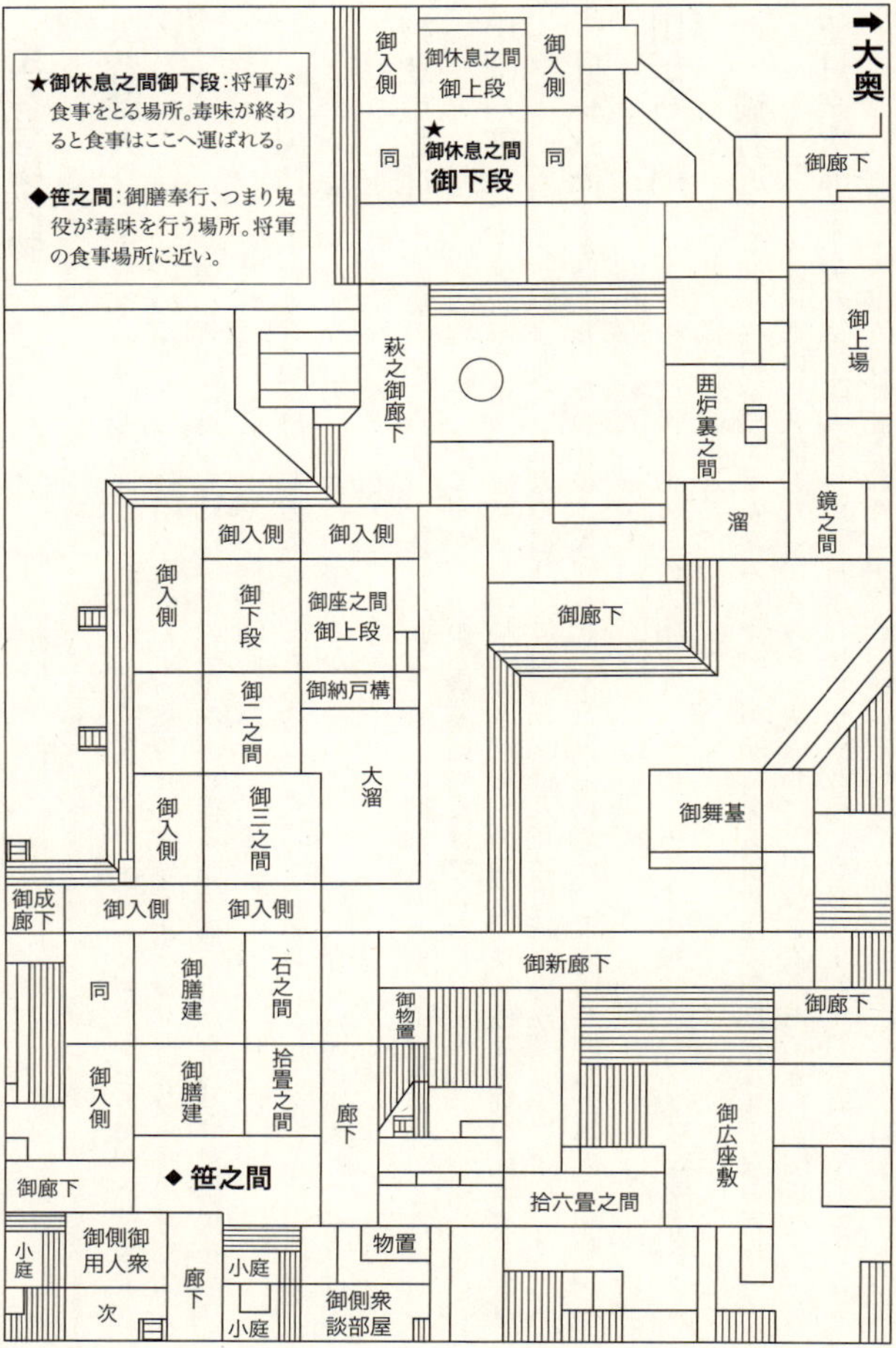

★御休息之間御下段：将軍が食事をとる場所。毒味が終わると食事はここへ運ばれる。
◆笹之間：御膳奉行、つまり鬼役が毒味を行う場所。将軍の食事場所に近い。
→大奥
御入側
御休息之間
御上段
御入側
同
★御休息之間
御下段
同
御廊下
萩之御廊下
御上場
囲炉裏之間
溜
鏡之間
御入側
御入側
御入側
御下段
御座之間
御上段
御廊下
御納戸構
御二之間
大溜
御舞臺
御入側
御三之間
御成廊下
御入側
御入側
御新廊下
同
御膳建
石之間
御物置
御廊下
御入側
御膳建
拾畳之間
廊下
御広座敷
御廊下
◆笹之間
拾六畳之間
御側御用人衆
廊下
物置
小庭
小庭
次
小庭
御側衆談部屋

主な登場人物

矢背蔵人介……将軍の毒味役である御膳奉行、またの名を「鬼役」。お役の一方で田宮流抜刀術の達人として幕臣の不正を断つ暗殺役も務めてきたが、指令役の若年寄長久保加賀守に裏切られた。その後、御小姓組番頭の橘右近から再び暗殺御用を命じられているが、まだ信頼関係はない。

志乃……蔵人介の養母。薙刀の達人でもある。

幸恵……蔵人介の妻。徒目付の綾辻家から嫁いできた。蔵人介との間に鐵太郎をもうける。弓の達人でもある。

綾辻市之進……幸恵の弟。真面目な徒目付として旗本や御家人の悪事・不正を糾弾してきた。剣の腕はそこそこだが、柔術と捕縄術に長けている。

串部六郎太……矢背家の用人。悪党どもの臑を刈る柳剛流の達人。長久保加賀守の元家来だったが、悪逆な主人の遣り口に嫌気し、蔵人介に忠誠を誓う。

叶孫兵衛……蔵人介の実の父親。天守番を三十年以上務めた。天守番を辞したあと、小料理屋の亭主になる。

土田伝右衛門……公方の尿筒役を務める公人朝夕人。その一方、裏の役目では公方を守る最後の砦。武芸百般に通じている。

橘右近……御小姓組番頭。蔵人介のもう一つの顔である暗殺役の顔を知る数少ない人物。若年寄の長久保加賀守亡きあと、蔵人介に、正義を貫くためと称して近づく。

望月宗次郎……矢背家の隣人だった望月家の次男坊。政争に巻き込まれて殺された望月左門から蔵人介に託された。甲源一刀流の遣い手。

鬼役 九

大義

老中謀殺《ろうじゅうぼうさつ》

一

芒種《ぼうしゅ》、辰《たつ》ノ下刻。
篠突《しのつ》く雨が降っている。
城から出て外桜田御門《そとさくらだごもん》を抜けるまでは曲輪《くるわ》内、蛇《じゃ》の目《め》をさすことは許されない。
御膳奉行《ごぜんぶぎょう》の矢背蔵人介《やせくらんどのすけ》は、内桜田御門の庇《ひさし》下でしばらく雨宿りをすることにした。
用人《ようにん》の串部六郎太《くしべろくろうた》と下男の吾助《ごすけ》は、三丁《ちょう》ほどさきの外桜田御門で待っている。
「ひどい降りでございますな」
そばに立つ門番の仁志庄左衛門《にししょうざえもん》に同情された。

月代《さかやき》も裃《かみしも》もびしょ濡れになり、とぼとぼ歩くすがたでも想像しているのだろう。

「このぶんだと御濠《おほり》の水が溢《あふ》れかねませぬな。くく、さすがにそれはござらぬか」

いや、ないとは言いきれぬ。

濠は随所で堰《せ》きとめられているので、門も腰の高さまで水に浸《つ》かったことがある。

右手につづく濠の水嵩《みずかさ》は増しており、西御丸下《にしおまるした》の大路《おおじ》は泥砂《ぬかるみ》と化していた。

左手にみえる屯所《とんしょ》や大名屋敷の甍《いらか》は、鉛弾《なまりだま》のような雨に叩かれて痛々しい。

蔵人介は切れ長の眸子《まなこ》を細め、恨めしげに雨空を見上げた。

額に落ちた雨だれが、高い鼻梁《びりょう》を伝って薄い丹唇《くちびる》を濡らす。

尖《とが》った喉仏《のどぼとけ》がごくりと上下した。

「そろりと登城《とじょう》の刻限にござりますな」

仁志に言われ、はっとする。

宿直《とのい》明けで帰宅する刻限が、うっかり諸大名の登城とぶつかってしまった。

どれだけ激しい雨でも、大名たちは行列を組んでやってくる。諸大名に先駆けて参じるのは、幕閣《ばっかく》で重きをなす老中や若年寄《わかどしより》だ。いつもまっさきに登城してくるのは、屯所の隣に役宅を構える水野越前守忠邦《みずのえちぜんのかみただくに》にほかならない。

水野越前守の駆け駕籠《かご》は、誰よりも疾《はや》いと評判だ。

供人《ともびと》たちに守られた網代《あじろ》駕籠は、ひとかたまりの黒雲となって猛進する。

その老中駕籠をめがけて、連日、無謀にも訴えをおこなう者があった。

飢《う》えに苦しむ地方から、村人たちの願いを一身に背負ってきた百姓たちだ。

そうした連中の訴えから逃れるために、老中駕籠は疾風となって突っ走る。

近づく者たちがあれば容赦なくはね飛ばし、この内桜田御門へ躍りこんでくる。

一方、はね飛ばされた農民たちは必死に訴状を掲げて縋《すが》りつく。翌日も翌々日も、村人たちに託された路銀《ろぎん》が尽きるまで、虚《むな》しい努力を繰りかえすのだ。

たとえ万にひとつの望みがかなったとしても、駕籠訴《かごそ》をおこなった者たちは罰せられる。多くは罪人として唐丸《とうまる》駕籠に乗せられ、故郷へ戻されたのちに首を刎《は》ねられた。ところが、処刑された者は神になる。命懸けで村を救った者たちは故郷の人々から「駕籠訴さま」と敬われ、家々の神棚に奉《たてまつ》られた。

奉られる人生も虚しいものだなと、蔵人介はおもう。

だが、公方《くぼう》の毒味を生業《なりわい》とする身の上も虚しさの尺度では劣るまい。少なくとも、他人《ひと》はそうみていた。

役料《やくりょう》はたったの二百俵《ぴょう》、城中の行事では布衣《ほい》も赦《ゆる》されぬ貧乏旗本《はたもと》であるにもかかわらず、魚の小骨《こぼね》が公方の喉に刺さっただけで斬罪される。要するに、小骨ひとつで命をも落としかねない役目なのだ。

毒味役は「鬼役《おにやく》」とも称された。

――この世の者ではないからだ。

と、養父《ちち》に教えられたことがある。

生死の間境《まざかい》を踏みこえた者ゆえに「鬼」と呼ぶのだと教えられた。

周囲から「鬼」と呼ばれた養父はみずからの発したことばどおり、河豚《ふぐ》毒に中《あた》って逝《い》った。

公方の毒味役は、つねのように死の衣《ころも》を纏《まと》っている。

死ぬことを恐れたら毒味役はつとまらぬ。

死を恐れぬ唯一の方法は、すでに死んだとおもうことだ。

十一で矢背家に貰《もら》われた日、養父から「死なば本望《ほんもう》と心得よ」と告げられた。

――毒味役は毒を啖《くろ》うてこそのお役目。河豚毒に毒草、毒茸《きのこ》に蟬《せみ》の殻《から》、なんでもござれ。死なば本望と心得よ。

その場から逃げだしたくなったが、御家人《ごけにん》の実父に恥を掻《か》かせたくない一心で我慢した。翌日からは毒味作法のいろはを養父に厳しく仕込まれ、十七で跡目相続《あとめそうぞく》を容認されたのちに二十四で晴れて出仕《しゅっし》を赦された。

爾来《じらい》、二十有余年、三日に一度まわってくる出仕のおりはいつも首を抱いて帰宅する覚悟を決めている。

赤穂《あこう》の塩に仕込まれた毒を舐《な》め、生死の境界をさまよったこともあった。

だからといって、役目を辞するつもりはない。

幼いころはあれほど嫌がっていた毒味という役目に、今は誇りを感じている。

誇りさえあれば、虚しいことなどひとつもない。

駕籠訴を試みて死んでいく「駕籠訴さま」と同じだ。

役目に誇りさえ抱《いだ》くことができれば、たとえ死んでも悔いはない。

「矢背さま、少し小降りになりましたな」

仁志の声で我に返った。

——どん、どん、どん。

西ノ丸太鼓櫓《たいこやぐら》の太鼓が登城を促しはじめる。

「ちっ」

蔵人介は舌打ちし、庇下から一歩踏みだした。

じゃりっと泥砂を踏みしめ、濠のほうへ爪先を向ける。

――ぎっ、ぎぎっ。

左手の遥か前方、水野家の棟門《むねもん》が開いた。

主人を乗せた網代駕籠が、黒い担ぎ棒の先端を突きだす。

まるで、角《つの》を振りながら様子を窺《うかが》う暴れ牛のようだ。

「それっ」

供人の掛け声とともに、突如、暴れ牛は走りだす。

陸尺《ろくしゃく》も供人も呼吸を合わせ、泥撥《は》ねを飛ばした。

壁際で待ちかまえていた人影が駆けよせていく。

駕籠訴の百姓たちだ。

「ご老中さま、ご老中さま、お願いにござります、お願いにござります」

声を嗄《か》らして追いすがっても、ことごとく弾《はじ》きとばされる。

誰ひとり、駆け駕籠に近づける者はいない。

網代駕籠は権力そのものだ。

貧しき者たちの叫びなど、老中の耳に届くはずもない。

塗炭《とたん》の苦しみに耐えかねた者たちの訴えは雨粒と弾かれ、西御丸下の泥砂に埋もれていくしかないのだ。

蔵人介の胸に、沸々《ふつふつ》と怒りが迫《せ》りあがってくる。

「おのれ、越前め」

めずらしくも毒づいた。

と、そのとき。

半丁ほど離れた海鼠塀《なまこべい》の狭間《はざま》から、人影がひとつ飛びだしてきた。

「ん」

腰に大小を帯びている。

百姓ではない。

凄《すさ》まじい殺気だ。

柿色の布で鼻と口を隠し、血走った眸子をぎらつかせている。

「刺客《しかく》かっ」

蔵人介は裾《すそ》をたくしあげ、脱兎《だっと》のごとく駆けだした。

幕臣《ばくしん》としての忠義からではない。

勝手にからだが反応したのだ。

「狼藉者《ろうぜきもの》、控えい、控えい」

陣笠《じんがさ》の供人が絶叫している。

その供人が抜き打ちの一刀で袈裟懸《けさが》けに斬られた。

「ぐひぇ……っ」

血飛沫《ちしぶき》が噴《ふ》きあがる。

「はおう」

狼藉者は野獣のごとき雄叫《おたけ》びをあげ、血塗《ちまみ》れの刀を大上段に振りかざす。

――ばすっ。

別の供人が右腕を断たれた。

「ぎぇえええ」

絶叫が雨を裂く。

狼藉者は低い姿勢で獲物に迫った。

陸尺どもは右往左往し、駕籠は角を大きく振りまわす。

その勢いを止められず、後棒《あとぼう》のふたりが振りとばされた。

駕籠は泥砂に落ち、どうっと横倒しになる。

「うえっ」

呻《うめ》いたのは、忠邦だ。

駕籠の内で天地がひっくり返っていた。

垂《た》れを掻きわけ、必死に這《は》いだしてくる。
――ぶしゅっ。
狼藉者が盾《たて》になった供人の首を刎ねた。
「ひゃっ」
忠邦は駕籠から転げおち、泥砂に這いつくばる。
襲いかかる狼藉者の足首を、背後から供人が摑《つか》んだ。
ふたりは組《く》んず解《ほぐ》れつしながら、泥人形のようになる。
――ごきっ。
供人が首の骨を折られた。
忠邦は腹這いになり、必死の形相《ぎょうそう》で逃げようとする。
浜松《はままつ》藩七万石の大名にして、権勢《けんせい》の中核を担う老中とはおもえない。
ぶざまな泥人形となった獲物の裾《すそ》を摑もうと、狼藉者は左手を伸ばす。
――ずさっ。
左手が供人の白刃《しらは》に断たれた。
「ぬごっ」
狼藉者は立ちあがり、右手一本で刀を掲げる。

「おのれ、越前め」

吼《ほ》えた。

蔵人介が毒づいたのとまったく同じ台詞《せりふ》だ。

つぎの瞬間、左右から供人たちに腹を刺しつらぬかれた。

「……う、うぬらあ」

穴のあいた酒樽のように、四方へ血が噴きだす。

それでも狼藉者は刀を振りまわし、供人たちに傷を負わせた。

「……か、覚悟せい」

隻腕《せきわん》の鬼は獲物に迫る。

もはや、忠邦は動くこともできない。

そこへ、蔵人介が躍りこんだ。

「待て、拙者《せっしゃ》が相手だ」

腰の刀を抜きはなち、狼藉者の前面に立ちふさがる。

「……お、鬼役か」

瓜実顔《うりざね》の忠邦が後ろで弱々しく吐いた。

「ふおっ」

狼藉者が片手持ちの上段から斬りつけてくる。
——きいん。
火花が散った。
弾かれた血塗れの刀が、雨空に吸いこまれていく。
狼藉者は身を寄せ、右手で襟首《えりくび》を摑んできた。
蔵人介は、されるがままに任せる。
すでに殺気が消えていたからだ。
相手の瞳には、悲しみの色が浮かんでいた。
「……た、頼む」
掠《かす》れた声で懇願し、その場にくずおれてしまう。
いったい、何を頼むというのだ。
老中を謀殺しろとでもいうのか。
勘弁しろ。
蔵人介は一歩身を引き、静かに納刀《のうとう》した。
「それっ」
供人たちが一斉に群がり、動かぬ屍骸《むくろ》に撲《なぐ》る蹴《け》るの暴行をくわえる。

「やめろ、やめぬか。ほとけを粗末に扱うな」

蔵人介は真っ赤に染まった泥水に踝《くるぶし》まで浸かり、懸命に叫びつづけた。

二

数日後。

蔵人介は用人の串部六郎太をともない、自邸のある市ヶ谷御納戸町《いちがやおなんどまち》からさほど離れてもいない七軒寺町《しちけんでらちょう》まで足を延ばした。緩やかな坂道を下って弁天社《べんてんしゃ》を過ぎたあたりに紫陽花《あじさい》が群棲《ぐんせい》しており、うらぶれた門構えの道場がある。

「ふうん、さしずめ紫陽花道場だな」

小莫迦《こばか》にしても、串部は意に介さない。

看板には無骨《ぶこつ》な文字で「甲源一刀流　岩間道場」と書かれていた。

――いやっ、たあっ。

耳を澄ませば、疳高《かんだか》い掛け声が聞こえてくる。

「お、ほほ、やっておりますな」

「待て」

門を潜《くぐ》りかけた串部を、蔵人介は呼びとめた。

「断っておくが、ここに決めたわけではないぞ」

「無論にござる。ご子息《しそく》の鐵太郎《てったろう》さまにお強くなってもらおうと、不肖《ふしょう》串部六郎太ひと肌脱がせてもらったまで。お眼鏡《めがね》にかなわぬようなら、断っていただいてけっこうにござります」

串部は蟹《かに》に似た体軀《たいく》を揺すり、大根役者のように見得《みえ》を切る。

刀を抜けば臑斬《すねぎ》りを本旨《ほんし》とする柳剛《りゅうごう》流の達人だが、四十を過ぎてからは独り寝の淋しさを酒で紛《まぎ》らわすようになった。

今から訪ねる道場主とも、居酒屋で知りあったらしい。

「馬の合う御仁《ごじん》でしてな、二年前までは甲州勤番《こうしゅうきんばん》をつとめておられたとか」

「甲州勤番か」

役目に失態があったり素行の芳《かんば》しくない幕臣は、多くが幕領である甲州への配置換えを申しわたされる。甲州勤番は「山流《やまなが》し」とも呼ばれ、左遷《させん》の代名詞でもあった。そうした輩《やから》の成れの果てとはいえ、江戸に戻って町道場を開くことができただけでも幸運だと言わねばなるまい。

「恋女房を早くに亡くされ、男手ひとつで育てあげた十三の娘と今はふたり暮らしだとか。そうした苦労を、岩間忠兵衛《いわまちゅうべえ》どのは微塵《みじん》も面《おもて》に出されませぬ。にょほほんとした性分《しょうぶん》にござってな」

「にょほほんか」

「無論、一本筋は通っておられます」

「ま、にょほほんとした師匠が鐵太郎には似合っておるのかもしれぬ」

「大奥さまは、このことをご存じなので」

「いいや。お伝えすれば烈火のごとくお怒りになり、余計な散財《さんざい》をするなと叱られるにきまっておるからな。されど、養母上《ははうえ》から庭で剣術を教わっているかぎり、鐵太郎はいつまでたっても乳離《ちばな》れができぬ」

「くふっ、奥方さまではなしに、大奥さまから乳離れができぬとあれば、それはそれで考えものにござりますな」

ふたりは門を潜り、道場の表口に踏みこんだ。

稽古に励んでいた門弟とおぼしき者が、胴着《どうぎ》のまま案内《あない》にあらわれる。

蔵人介と串部は驚きを隠せず、おもわず顔を見合わせた。

丁寧にお辞儀《じぎ》をしたのが、可憐《かれん》な面立《おもだ》ちの娘だったからだ。

「岩間忠兵衛の娘、濃《のう》にござります。父は待ちかねておりましたが、今ほどの稽古で腰を捻《ひね》り、お出迎えできませぬ」

「ほ、腰をやったか。それは難儀《なんぎ》な」

串部に労《いたわ》られ、濃は恥ずかしそうに頬を赤らめた。

「もちろん、このままお帰りいただくのも忍びないので、是非ともお会いしたいと申しております」

「殿、いかがなされます」

串部に問われ、蔵人介はうなずいた。

「見舞いだけでもさせてもらおう」

「ありがたきおことばにございます。されば、どうぞ」

ふたりは濃に誘われ、殺風景な板の間を通りぬけた。

門弟らしき人影はほかになく、防具などの備えもない。

「閑古鳥《かんこどり》が鳴いておるな」

串部が無礼もわきまえずに笑うと、濃は悲しげな顔になる。

奥の客間を訪ねると、岩間はきちんと正座をして待っていた。

「ようこそおいでくだされた。拙者が岩間忠兵衛にござる」

頭を下げた途端、顔をゆがめる。

腰に激痛が走ったのだ。

「忠兵衛どの、ご無理なさるな」

串部は笑いを堪《こら》えて応じ、岩間の背中にまわりこむや、腰の経絡《けいらく》を指で押す。

「うっ……い、痛っ」

「ははあ。この痛がりようは、ぎっくり腰だな」

「面目《めんぼく》ない。このざまでは剣術を教えるどころのはなしではない。いや、まことにお恥ずかしいかぎり」

「何の。河童《かっぱ》の川流れ、猿も木から落ちると申します。名人も気を抜けば怪我をする。そのことを忠兵衛どのは身をもってご指南《しなん》されたのだ」

喩《たと》えは変だが、串部のおもいは通じたらしい。

岩間は不揃《ふぞろ》いの前歯を剝《む》き、にっこり笑った。

「おかげで、何やら元気が湧いてきおった」

ふたりの掛けあいに耳をかたむけながら、蔵人介もいつのまにか微笑《ほほえ》んでいる。

岩間のことばや表情には人のよさが滲《にじ》みでており、この人物ならば鐵太郎を預けてもよいかもしれないとおもった。

だが、肝心な剣術の力量を確かめる手だてはない。

改めて参じたほうがよいと言いかけたところへ、濃が酒肴《しゅこう》を運んできた。

串部が舌なめずりをする。

「忠兵衛どの、酒でござるか」

「さよう。痛みを治すにはこれよ」

「まさか、藪《やぶ》医者はそうは申すまい。のははは」

莫迦笑いするふたりを上座から眺め、蔵人介は羨《うらや》ましく感じていた。

「さ、殿もおひとつ」

串部に注がれ、盃《さかずき》をかたむける。

「お、これは満願寺《まんがんじ》の下りものだな」

「お見事にございます」

岩間が手を叩いた。

「さすが、公方さまのお毒味役。蔵元までたちどころに見破ってしまわれるとは」

「毒味役でなくとも、これしきのちがいはわかるさ」

「ふうむ、そういうものでござるか。これ、濃よ、あれをお持ちしろ」

「はい」

すでに仕度《したく》してあったのか、濃はすぐさま戻ってきた。

手にした平皿のうえでは、美味《うま》そうな食べ物が湯気を立てている。

「蒸し穴子《あなご》にござります」

「ほう」

串部はじゅるっと涎《よだれ》を啜《すす》ったが、味見は蔵人介のほうがさきだ。

指にしっくりくる杉箸で摘《つま》み、一片を口に抛《ほう》りこむ。

「ん、美味いな」

発した途端、岩間父娘はほっと安堵《あんど》の溜息《ためいき》を吐《つ》いた。

世辞《せじ》抜きに美味い。

「されば、拙者も」

串部は汚れた指で一片を摘み、口に抛って咀嚼《そしゃく》する。

「おほほ、さすが旬の穴子じゃ」

座も和《なご》んだところで、岩間が膝を寄せてきた。

「矢背さまは幕臣随一《ずいいつ》の剣客とお聞きしました。ご流派は田宮《たみや》流であられますな」

「いかにも。されど、幕臣随一は誇張だ」

「ご謙遜《けんそん》なされますな。じつは、矢背さまのお噂はかねがね耳にしておりました」

今から十五年前、甲州へ山流しになる直前のはなしだという。江戸市中で剣客同士が喧嘩《けんか》をした。鞘《さや》に触れたの触れないのといったくだらぬ諍《いさか》いだ。双方が刀を抜いて対峙《たいじ》したところへ、割ってはいった者があった。目にも留まらぬ捷《はや》さで抜刀するや、対峙するふたりを峰打ちで昏倒《こんとう》させたのだという。

「昏倒した者のひとりは柳生新陰流《やぎゅうしんかげ》、もうひとりは小野派一刀流《おのはいっとう》の師範代にござった。双方とも幕臣ゆえに事は表沙汰《おもてざた》にされなんだものの、ふたりの剣客を倒した人物のことはのちになって噂にのぼった。誰あろう、矢背蔵人介さまにございます」

岩間はひとしきり思い出話を聞かせ、煙草《たばこ》入れから煙管《キセル》を取りだす。

串部が興味をしめした。

「ほう、その煙草入れ、蜻蛉《とんぼ》柄の印伝《いんでん》でござるな」

「いかにも。みずから鞣《なめ》した鹿革でつくりました。甲州で修めた手慰《てなぐさ》みにござるよ」

岩間は満足げに煙管を喫《す》い、ぷかあっと紫煙《しえん》を吐きだす。

濃がぎこちない仕種《しぐさ》で酌《しゃく》をしてくれた。

「お殿さま。ご覧のとおり、門弟はひとりもおりません」

串部がすかさず、脇から口を挟《はさ》む。

「ぬはは、鐵太郎さまは一番弟子ということになりますな」

「何卒《なにとぞ》どうか、よろしくお願いいたします」

濃は深々と頭《こうべ》を垂《た》れる。

蔵人介は曖昧《あいまい》にうなずき、満願寺をすっと呷《あお》った。

三

武家屋敷の立ちならぶ御納戸町へ戻ってきた。

城勤めの納戸方が多く住み、御用達《ごようたし》を狙う商人の出入りがめだつところから、このあたりは「賄賂町《まいないまち》」などと呼ばれている。

その一画に、矢背家はあった。

二百坪の拝領地に百坪そこそこの平屋。みるからに貧相な旗本屋敷だが、二百俵取りの御膳奉行には似つかわしい。

粗末な冠木《かぶき》門を潜り、庭のほうにまわる。

すでに牡丹《ぼたん》は散り、芍薬《しゃくやく》も終わりに近い。

盆栽の皐月《さつき》がまだ元気なのは、志乃《しの》が水遣《みずや》りを欠かさぬからだ。

「ふえいっ、やっ」

鐵太郎が木刀を振っていた。

指南役は志乃ではなく、義弟《おとうと》の綾辻市之進《あやつじいちのしん》だ。

青々とした月代頭に海苔《のり》を貼ったような太い眉《まゆ》、でかい鼻に厚い丹唇《くちびる》、そうした面構えは姉の幸恵《ゆきえ》とまったく似ていない。無欲で素直な男だが、四角四面《しかくしめん》の徒目付《かちめつけ》として旗本の悪事不正を糾弾してきただけあって、憎まれ役がすっかり板についた太々《ふてぶて》しさを感じさせる。

「よう、市之進ではないか」

声を掛けると、朗らかな笑顔で振りむいた。

「義兄上《あにうえ》、ご無沙汰しております」

「ひと月ぶりだな。俎河岸《まないたがし》のご両親はご健在か」

「おかげさまで」

「赤ん坊はどうしておる」

「ころころ太っております。錦《にしき》の乳の出がよいからにござりましょう」

「それは重畳《ちょうじょう》。ところで、うちの義母上と幸恵はどうした」

「おふたりは日本橋《にほんばし》の呉服屋へお出掛けに。何でも内儀《ないぎ》に頼まれて、町娘たちの行儀作法を指南することになったとか」

「初耳だな」

「ひとつ屋根のしたにお暮らしでも、気づかぬことはおありのようで」

「おぬしとてそうであろう。徒目付は鬼役より忙しかろうからな」

「拙者《せっしゃ》は家のことにも気を配っております。錦に出ていかれては困りますからな」

「まるで、わしが家を顧《かえり》みぬようではないか」

「ちがいますか」

鐵太郎はふたりに放っておかれ、不満げに木刀を振りつづけている。

「どうじゃ。甥《おい》っ子の太刀《たち》筋、少しは様《さま》になってきたとはおもわぬか」

「正直、ようわかりませぬ。拙者、柔術は教えられますが、剣術のほうはからっきしでして」

「そうであったな」

「されど、鐵太郎は教え甲斐《がい》のある甥にござります。何やら、風貌《ふうぼう》も拙者に似てきたような」

「似ておらぬわ。勘違いいたすな」

向きになって応じる自分が恥ずかしい。

「ところで、今日は何の用だ」

「は。じつは、先般西御丸下で水野越前守さまが狼藉者に襲われた件につき、至急下手人の探索をおこなえとの命《めい》を頂戴しました」

「妙だな。下手人は成敗《せいばい》されたはずだが」

即応すると、市之進はにやりと笑った。

「やはり、義兄上はその場におられたのですね」

「誰に聞いた」

「御目付の鳥居《とりい》さまがご老中から直々《じきじき》に。拙者は縁者《えんじゃ》ゆえ、下手人探索の密命が下されたという次第」

胸を張る市之進が阿呆《あほう》にみえた。

「鳥居さまとは、鳥居耀蔵《ようぞう》さまのことか」

「さようにござります。下手人は死んだものの、裏で糸を引いている者がきっといるにちがいない。その人物を突きとめよと、鳥居さまは仰せになりました」

鳥居耀蔵は近頃めきめきと頭角《とうかく》をあらわしてきた人物で、水野越前守の提灯《ちょうちん》持ちとも揶揄《やゆ》されていた。外国船への厳しい対応などで幕府に意見した蘭学者たちを捕縛するなど、汚れ役をみずから引きうけているような節《ふし》がある。

直《じか》に知っているわけではないが、下手《へた》に関わりたくない相手ではあった。

市之進は探るような眼差《まなざ》しを向ける。

「義兄上は狼藉者の顔をご覧になりましたか」

「みたような気もするが、おぼえておらぬな」

「とどめを刺されたと聞きましたが」

「誰がそのようなことを」

「ご老中にござります」

「ちっ」

蔵人介は舌打ちし、眉間《みけん》に縦皺《たてじわ》を寄せる。

「勘違いされておる。わしは相手の刀を弾いただけで、手を下しておらぬ」

「なるほど。されば、狼藉者は何かことばを発しませなんだか」

「発しておった」

「何と」

「『おのれ、越前め』と吼えておったわ」

「恐れ多くも、さようなことを」

いまわに「頼む」と告げられたことは秘し、憤慨する義弟を冷めた目でみつめた。

「ご老中に恨みでもあったのだろう」

「逆恨《さかうら》みかもしれませぬな」

ぽつんと言い、市之進は口を噤《つぐ》む。

蔵人介は焦《じ》れたように問うた。

「なぜ、そうおもう」

「狼藉者の素姓《すじよう》が判明いたしました」

姓名は矢代田平内《やしろだへいない》、三年前に甲州勤番となった元小普請《こぶしん》組の旗本らしい。

「内桜田御門の門番がたまたま顔を見知っておりましてね。理由はわかりかねますが、山流しにあったことを根に持っていたのやも」

「解《げ》せぬな。山流しになったことを恨むなら、当時の上役か小普請奉行を狙うのが筋であろう」

そうした連中を飛ばして、いきなり老中に刃《やいば》を向けるのは解せない。

「ゆえに、逆恨みなのでござりますよ」

市之進の投げやりな物言いに、蔵人介は溜息を吐きたくなった。

「私怨ならば一件落着ではないか。裏で糸を引く者などおるまい」

「ま、そうなりますね」

「得心《とくしん》がいかぬようだが」

「かならずや裏があると、鳥居さまは仰せになりました」

「根拠はあるのか」

「そこまでは、おはなしいただけませぬ」

「上役の言うことを真《ま》に受けてばかりおると、莫迦《ばか》をみるぞ」

市之進は、ぐっと睨《にら》みつけた。

「莫迦をみるとは、義兄上のご経験から発せられたおことばでしょうか」

「何だと」

声を荒らげるや、鐵太郎が素振りを止《や》めた。

蔵人介には抹消したい過去がある。

とある若年寄の密命を受け、暗殺御用に身を投じていた。

――表で裁くことのできぬ奸臣《かんしん》や悪徳商人に引導《いんどう》を渡す。

それは養父から受けついだ裏の御用にほかならなかったが、命を下す肝心の若年寄が悪事の黒幕と知り、みずからの手で成敗した。

精神の支柱にしていた忠義が揺らぎ、一時は正邪の判別もつかなくなった。

志乃と幸恵には明かさぬという条件で、市之進にだけはそのあたりの経緯《いきさつ》をはなしてあった。それゆえ、さきほどのような発言になったのだろう。

苦い出来事から八年余りが経過していた。

飼い主を葬った悔恨《かいこん》がないと言えば嘘になる。

悔恨があればこそ、二度とやらぬと誓った暗殺御用であった。

にもかかわらず、今でも地獄の門番との取引はつづいている。

新しい飼い主は小姓組番頭《こしょうぐみばんがしら》の橘《たちばな》右近《うこん》、寛政《かんせい》の遺老《いろう》と称された松平信明《まつだいらのぶあきら》の治世から職禄四千石《ごく》の同職に留《とど》まる反骨漢だ。「目安箱《めやすばこ》の管理人」とも呼ばれる人物から蔵人介は請われ、何度か密命を果たしてきた。今のところは、橘の言う「悪を葬る正義」が本物《こ》であることを信じるしかない。

鐵太郎の手前もあって、市之進もさすがにそれ以上は発しなかった。

蔵人介は重い溜息を吐く。

「まあよかろう。ともあれ、手柄を焦らぬことだ」

「肝に銘じておきまする。ところで、下手人は屍骸《むくろ》となったにもかかわらず、供人たちから酷《ひど》い仕打ちを受けたそうですね」

「ああ」

蔵人介は止めようとしたが、頭に血をのぼらせた連中は聞く耳を持たなかった。

屍骸はしばらく暴行をくわえられたあげく、襤褸布《ぼろぬの》のように置き捨てられた。

「そういえば、ほとけの懐中からこんなものがみつかりました」

市之進はそう言い、懐中から紙入れを取りだす。

「印伝にござります」

蜻蛉柄が目に飛びこんできた。

岩間忠兵衛が持っていた煙草入れと同じ柄だ。

元甲州勤番ならば、矢代田平内なる者とも面識があるかもしれない。

「義兄上、どうかなされたか」

「いや、別に」

市之進は紙入れに手を突っこみ、黄金《こがね》色の丸いものを摘《つま》みだす。

「これ、何だとおもわれます」

手渡されると、碁石《ごいし》大の金であることがわかった。

「甲州金《こうしゆうきん》か」

「いかにも。甲州でしか通用しない碁石金にござります。それがひとつだけ、お守りのように入れてありました」

「お守り」

突如、鐵太郎の気合いが耳に転がりこんできた。

——ふえいっ、やっ。

道場に通わせるかどうかは別にして、岩間忠兵衛にはもう一度会わねばなるまいと、蔵人介はおもった。

四

——善は急げ。

翌夕、蔵人介は乗り気でない鐵太郎を連れて、弁天町《べんてんちょう》の岩間道場に向かった。

ぎっくり腰が癒《い》えるまで少なくとも四、五日は掛かる。それまで稽古をつけてもらえぬこともわかっていたが、覚悟を決めるためにも鐵太郎本人に道場を見学させておきたかった。

家を離れて赤の他人に指導を仰ぐ。

剣術にとどまらず、精神も鍛えてもらわねばなるまい。

いかに生きるべきか。

そうした深遠《しんえん》な課題とも向きあうこととなろう。

師弟の相性を見極めるためにも訪問すべきだとおもった。

道々、父子はひとことも喋《しゃべ》らずにさきを急いだ。

鐵太郎は不安げで、何か言いたそうにしている。

志乃のことを案じているのだ。

志乃は薙刀《なぎなた》の師範でもあり、町道場の道場主など小莫迦にしていた。

鐵太郎の剣術指南に情熱を注いでいるので、勝手にはなしを決めてきたと知れば、蔵人介と険悪《けんあく》になることは目にみえている。

それでも敢えて連れだしたのは、父親としての務めを果たしたい一念からだ。

いつまでも家で甘えさせておくわけにはいかない。

逞《たくま》しさを身につけるには、厳しい試練を与えるべきだ。

そして、数年後には毒味役を継いでもらわねばならぬ。

死をも恐れぬ「鬼」になるためには、なまなかの修行では足りない。

それならば「わたくしが試練を与えてやろう」と、志乃は主張するにきまっている。

どこの馬の骨ともわからぬ者に孫を託すのだけは許さぬと騒ぎたて、食を断って仏間に籠《こ》もられでもしたら始末に負えない。

それゆえ、さきにはなしを決めておかねばならぬと、蔵人介は焦ってもいる。

ふたりは紫陽花の咲く岩間道場までやってきた。

西の空は赤味を増している。

「へい、いらっしゃい」

棒手振《ぼてふ》りが門前に桶《おけ》をおろし、夕鯵《ゆうあじ》を売っていた。

近所の嬶《かか》ぁどもが集まってくる。

そのなかに、濃のすがたもあった。

「鯵を四尾くださいな」

「あいよ」

凛《りん》とした物言いに、棒手振りは快活に応じる。

あれが道場の娘だと言いかけ、蔵人介はことばを呑んだ。

鐵太郎が口をぽかんと開け、濃の横顔をみつめている。

「おぬし」

まさか、ひと目ぼれではあるまいな。

苦笑しながら、息子の肩に手を置いた。

はっとした鐵太郎は、頰を赤く染める。

夕焼けに映《は》えた息子の顔が、急に大人びたようにみえた。

「どうした。あの娘が気になるのか」

「いいえ、まったく」

「そうか。あの娘は濃といってな、岩間道場のひとり娘だ」

「えっ」

鐵太郎は絞められた鶏のように目を丸めた。

「おぬしにその気がなければ、やめてもよいのだぞ」

からかい半分に水を向けると、息子は首を横に振る。

「やります。父上、道場に通わせてください」

わかりやすいやつだ。

濃を目にして、俄然《がぜん》、やる気を出している。

ふたりは棒手振りの脇を通りすぎ、濃の背中を追うように門を潜った。

一度訪ねているのだし、遠慮することはあるまい。

「たのもう」

表で声を張りあげると、旅装を解いたばかりとおぼしき老人と女が振りむいた。

板の間の奥で軽くお辞儀をしただけで、こそこそと隠れるように奥へ引っこむ。

門前で濃の求めた夕餉は、ふたりの旅人にふるまう肴《さかな》だったにちがいない。

入れ替わりに、道場主の岩間忠兵衛が足を引きずりながらやってきた。

「おう、これはこれは、矢背さま」

「近くに用があったもので立ち寄った。迷惑であったかな」

「何の、迷惑なことがあるものですか。ご紹介いただいた鍼灸《しんきゅう》師のおかげで、だいぶ痛みも除かれましたぞ」

「それはよかった。されど、無理は禁物《きんもつ》だ」

「串部どのもそう仰《おつしや》いました。きっちり治して、一刻も早くご子息を指南できるようにならねば」

岩間はにっこり笑い、眸子を細める。

「ほう、こちらが鐵太郎どのであられるか。ふむ、ふむ、鍛え甲斐のありそうな若武者じゃ」

「何卒ひとつ、お頼み申す」

蔵人介が頭を下げると、岩間は恐縮してみせた。

だが、道場へ招こうとはせず、むっつり黙りこむ。

さきほどの二人連れのせいだなと、察しはついた。

「お客人のようだが」

「遠方から縁者が訪ねてまいりました」

「もしかして、甲州から」

「さすが、勘がおよろしい。義理の父と妹にござる」

岩間はなぜか、顔をわずかに強張《こわば》らせた。

蔵人介は表情の変化を見逃さなかったが、詮索《せんさく》する気などない。

「とんだお邪魔をした。日をあらためて、きちんとご挨拶に伺うとしよう」

「あいすみませぬ。堅苦しい挨拶は抜きにいたしましょう。三日後からご子息を通わせてくだされ」

「三日後でよろしいのか」

「はい。おそらく、木刀を振ることができるまでに快復しておりましょう」

岩間は微笑んだが、一瞬だけ眸子《まなこ》を光らせた。

その意味を探らせる暇《いとま》も与えず、鐵太郎に向きなおる。

「お待ちしておりますぞ。人とは見掛けによらぬものでな、仏のようにみえる者でも心に鬼を棲《す》まわせておる。わが道場に通うお覚悟が定まったならば、紫陽花に彩られた冠木門が地獄のとば口《ぐち》とお考えくだされ」

身震いを感じたのは、鐵太郎ばかりではない。

蔵人介は岩間忠兵衛の本性をはかりかねた。

五

蔵人介はひとり部屋に籠もり、愛刀の手入れをやりはじめた。

黒蠟《くろろう》塗りの鞘《さや》から抜きはなった刀は、鍔元《つばもと》で反《そ》りかえった腰反りの強い風貌をしている。

「猪首《いくび》の来国次《らいくにつぐ》」

と、みずから呼んでいた。

茎《なかご》を切り、刀身は二尺五寸に磨《す》りあげてある。

刀身のみならず、長い柄《つか》に特徴があった。

じつは、八寸の仕込み刃が隠されている。

強敵の懐中に飛びこみ、本身《ほんみ》をわざと弾かせると同時に、ぴんと目釘《めくぎ》を外す。

仕込み刃を捻りだし、瞬時に相手の喉を裂く。捨て身の戦法に使うためだ。

八寸の刃に何度命を救われてきたことか。

蔵人介は左手で柄頭《つかがしら》を棟のほうから握り、刀を斜めに立てたまま、右の拳《こぶし》で左の手首を軽く打った。

柄を抜きとり、切羽《せっぱ》や鍔を外し、根元から切っ先に向けて静かに拭《ぬぐ》いをかけていく。

さらに、打粉《うちこ》を叩いて拭いをかけ、丁子油《ちょうじあぶら》を薄く塗る。

すると、梨子地《なしじ》に艶《あで》やかな丁字の刃文《はもん》が浮かびあがった。

刀身に顔を映す。

無表情な顔だが、裏側には修羅《しゅら》を宿している。

古い油を拭って新しい油を塗るだけのおこないだが、刀の手入れは精神の集中をはかる鍛錬の場でもあった。刀身におのが心を映し、あらゆる迷いを取りのぞく手《て》管《くだ》にほかならない。

蔵人介は愛刀の手入れを終え、鞘に納めた。

それをみはからったように、幸恵の気配が廊下にあらわれる。

「来たか」

鐵太郎は昨日から岩間道場に通いはじめた。

一方、町娘たちに行儀作法の指南をやりはじめた志乃と幸恵は生き生きとしている。

聞けばどうやら、旗本の妻女たちが集まって町娘たちの不作法《ぶさほう》を愚痴ったのがきっかけだったらしい。幸恵はふとおもいたち、どうせなら商売にしようと考えた。苦しい家計を少しでも助けるために「どうか」と誘ったところ、志乃は意外にも膝を乗りだしてきたという。

志乃は雄藩《ゆうはん》の奥向きで薙刀を指南した経験もあるほどの女傑《じょけつ》だが、ひとかどの茶人でもあり、町娘たちにしばらく茶道を教えていた。ただし、誇り高き志乃は「束脩《そくしゅう》など要りませぬ」と見栄を張りつづけてきたので、何かと物入りとなって長くはつづかなかった。

ところが、こんどは後ろ盾となってくれた呉服屋からの見返りがあるので、いつになくやる気をみせている。そうしたなか、鐵太郎の町道場通いもすんなり認めてもらえるだろうと、蔵人介は甘く考えていた。

「失礼いたします」

幸恵が襖障子《ふすましょうじ》を開けた。

梅雨《つゆ》の晴れ間で、朝陽が射しこんでくる。

今日は非番なのだ。

縁側に肥えた野良猫が寝そべっていた。

「義母上《ははうえ》が仏間でお呼びにござります」

「ふむ」

志乃の様子を聞くと、幸恵は指で頭に角をつくってみせた。

「お覚悟めさるがよろしかろう」

先祖伝来の「鬼斬り国綱《くにつな》」で成敗されるかもしれぬ。

それほどの覚悟で行ったほうがよいと、幸恵に戯《おど》けた調子で送りだされ、蔵人介は廊下に重い足を引きずった。

仏間からは「観自在菩薩《かんじざいぼさつ》　行《ぎょう》深般若波羅蜜多時《じんはんにゃはらみったじ》　照見五蘊皆空《しょうけんごおんかいくう》　度一切苦厄《どいっさいくやく》……」と、般若心経《はんにゃしんぎょう》の誦経《ずきょう》が聞こえてくる。

「蔵人介、まいりました」

廊下からひと声掛けて襖障子を開けても、志乃は振りむいてくれない。

いっそう、声を張りあげる。

「……舎利子《しゃりし》　色不異空《しきふいくう》　空不異色《くうふいしき》　色即是空《しきそくぜくう》　空即是色《くうそくぜしき》　受想行識《じゅそうぎょうしき》　亦復如是《やくぶにょぜ》
舎利子　是諸法空相《ぜしょほうくうそう》　不生不滅《ふしょうふめつ》　不垢不浄《ふくふじょう》　不増不減《ふぞうふげん》……」

仕方なく下座に腰をおろし、香華《こうげ》の手向《たむ》けられた仏壇と対峙する。

はたと誦経が歇《や》み、志乃は背を向けたまま唸《うな》るように語りはじめた。

「よもや、矢背家の由来をお忘れではあるまいな。矢背は洛北《らくほく》の八瀬《やせ》、壬申《じんしん》の乱の際、かしこき天武《てんむ》天皇が彼《か》の地でお背中に矢を射かけられたことに由来する」

遥か千二百年もむかしのはなしだ。爾来、八瀬の民は天皇家の駕籠を担ぐ力者《りきしゃ》としての役目を担ってきた。蛮勇《ばんゆう》を誇る諸侯が群雄割拠《ぐんゆうかっきょ》した戦国の世では禁裏《きんり》の間諜《ちょう》となって暗躍し、かの織田信長《おだのぶなが》からも「天皇家の影法師《かげぼうし》」と畏怖《いふ》されたという。

「無論、存じております る」

「いいや、わかっておらぬようじゃ。八瀬の民は神仏ではなく、鬼を奉じる。なにゆえか。神仏に裏切られつづけてきたからよ。境界を接する延暦寺《えんりゃくじ》から迫害を受け、鬼を奉じることでしか生きのびられなかったのじゃ」

八瀬の民は周囲から疎《うと》まれることで強靭《きょうじん》な精神を養った。八瀬の地を離れても身分を変え、他のものに変化して生きのびてきたのだと、志乃は言う。

「わたしがそうじゃ。八瀬の民を束ねる主筋《しゅうすじ》にありながら、忠誠を尽くしているのは禁裏ではない。徳川《とくがわ》の直参《じきさん》として、誰もが忌避《きひ》する毒味役を担ってきた。女系ゆえに、代々、貧しい御家人の家から文武《ぶんぶ》に秀でた者を養子に貰い、毒味役に育てあげ、二百俵の禄米《ろくまい》を得てきたのじゃ。禄を与えてくれる主君に忠誠を尽くすのは、人として当然のことじゃ。されどな、いざとなれば徳川を見限る覚悟も携えておかねばならぬ」

「えっ」

蔵人介は、いささか驚かされた。

おこないは大胆でも発言には慎重な志乃の口から「徳川を見限る」という台詞が飛びだしたからだ。

「かといって、禁裏の防《ふせぎ》に走るのではない。何よりも優先すべきは、八瀬の血を絶やさぬことじゃ。わたし自身は血を繋《つな》げずに終わったが、八瀬の民は彼の地に雄々《おお》しく根を生やしておる。わたしが徳川の家臣として生きつづけるのも、誇り高き者たちの血を繋げるための手管にすぎぬ。養子のおぬしにはわかるまいがな、そのことだけは肝に銘じておくがよい。禁裏にも徳川にも付かずに生きのびるのは、並大抵のことではないぞ。そのためには、しっかりとした自分を持たねばならぬ。心身ともに強くあらねば、世の中の激流に押しながされ、泡沫《ほうまつ》と消えてしまうであろう。矢背家の者は、誰よりも強くあらねばならぬ。わたしが鐵太郎に指南せねばならぬのは、その一点のみじゃ」

「は」

志乃の迫力に気圧《けお》され、蔵人介はおもわず畳に両手をついた。

「よいか、鐵太郎を町道場に通わせることに反対しておるわけではない。ただ、わたしから乳離れさせたいなどという瑣末《さまつ》な理由でそうしたいのならば、浅慮《せんりよ》と断じるしかあるまい。矢背家の当主として、どれだけの覚悟をもって決めたのか。嗣子《しし》を千尋《せんじん》の谷に突きおとす覚悟であると申すなら、許してやってもよいがな。そうでないなら、即刻、考えをあらためることじゃ」

「面目次第もござりませぬ。養母上、今しばらく、お待ちくだされ」

「何を待つ。鐵太郎が腑抜《ふぬ》けになるのを待つのか」

「いいえ。拙者の目に狂いがなければ、師となる御仁はなかなかの人物にござります」

「ほう。名は何と申す」

志乃はつまらなそうに問うてきた。

蔵人介は返答に力を込める。

「岩間忠兵衛にござる」

「岩間忠兵衛、岩忠か。何やら、商家の屋号のようじゃな。して、流派は」

「甲源一刀流《こうげんいっとう》」

「これはまた、甲州あたりの田舎剣法ではないか。まさか、甲州勤番を辞して江戸へ戻った根性無しの旗本ではあるまいな」

さすが志乃、鋭い勘だ。

蔵人介は平伏《へいふく》したまま、反論もできない。

「やはりな。どうせ、そんなことだろうとおもった」

「養母上」

蔵人介は、がばっと顔を持ちあげる。

「甲州勤番を莫迦になさるのか」

「何じゃ、色《いろ》を失いおって。顔から湯気が出ておるぞ」

「なるほど、甲州勤番は山流しなどと称されて、素行に難のあった旗本たちの捨て場所と目されてもおりますが、なかには拠所《よんどころ》ない事情で甲州行きになった者たちもおりまする」

「されば、岩忠の事情とやらを言うてみい」

蔵人介はぐっと詰まった。

何も調べていない自分に腹が立つ。

確かに指摘されたとおり、判断も覚悟も甘かったかもしれぬ。

ただ、わが子に武者修行をさせたいと願う親の気持ちだけは汲《く》みとってほしい。

「どこまでも甘い男よ。されどまあ、しばらくは様子眺めとまいろう。矢背蔵人介の眼力がどれほどのものか、とっくりみさせてもらおうではないか」

志乃には「裏の役目」を告げていない。毒味しかできぬ男だと、なかば小莫迦にされているのも知っているし、それでよいともおもっている。

ただ、鐵太郎のことについては志乃の勝手にさせたくない。

そうした強い意志が怒りとなって、蔵人介から冷静さを剝《は》ぎとっていた。

「自分を見失うでないぞ」

すべてを見透《みす》かしたように、志乃はそう言って背中を向けた。

六

芝《しば》・三田《みた》にある老中水野忠邦の中屋敷門前で、同家に奉公していた中間《ちゅうげん》の屍骸《むくろ》がみつかった。

「袈裟懸けの一刀にござります」

興奮気味に告げるのは、蕎麦《そば》を食おうと誘いにきた市之進である。

ふたりは連れだって神田雉子町《かんだきじちょう》で美味いと評判の『藪栄《やぶえい》』までやってきた。普段着で昼間に蕎麦を啜りにくる月代侍は、たいていは役のない小普請組の連中だ。

みな、生気《せいき》の足りぬ顔をしており、蕎麦を啜る音もどことなくしみったれている。

蔵人介と市之進は衝立《ついたて》で阻《はば》まれた奥の席に座り、ぼそぼそはなしていた。

蕎麦は繋ぎのない十割蕎麦、粗塩《あらじお》に付けて食う。

これを肴にしつつ、上等でない酒を燗《かん》にして呑んだ。

「ご老中が襲われた一件から、まだ五日しか経っておりません。こたびの凶事《きょうじ》と繋がっているとみるべきでしょう」

「早計《そうけい》だな。だいいち、中間を殺《あや》めて何になる」

「じつは、右手に碁石金を握っておりました」

「ん、甲州《こうしゅう》金《きん》をか」

「ひょっとしたら、下手人が中間の遺体に握らせたのやも」

「何のために」

「脅しか、警告か。いずれにしろ、ご老中を襲った矢代田平内の背後には何者かが控えているとみて、まずまちがいありません」

勝ちほこったように胸を張る義弟を、蔵人介は三白眼《さんぱくがん》に睨みつける。

「そいつは鳥居さまの受け売りか」

「いいえ。わたし自身の考えにござります。じつは、ご老中が襲われる前夜、矢代田が会っていた相手の素姓を探りあてました」

「ほう」

市之進にしては素早い探索だ。

「このことはまだ、鳥居さまにもご報告申しあげておりません。義兄上だけにお聞かせしようとお誘いしたのですよ」

「もったいぶるな。わしの助言をあてこんでのことであろうが」

「そのとおりにござる。矢代田と会っていた男は、小十人頭《こじゅうにんがしら》配下の早瀬玄蕃《はやせげんば》なる組頭にござりました」

「小十人頭か」

「はい。じつは、夜更けに『藪栄』で会っておりましてね」

「ここでか。そいつは驚いた」

市之進は、してやったりという顔になる。

「矢代田の人相をおぼえていた門番の仁志庄左衛門が教えてくれたのです。義兄上

「も仁志のことはご存じでしょう」

「ここ十年ほど、内桜田御門を守っておる古参の門番だな」

「『藪栄』は夜になると番方の平役や小普請組の溜まり場になるらしく、仁志庄左衛門もちょくちょく顔を出していたそうです。仁志が矢代田のことをおぼえていたのは、あることがきっかけでした」

「あること」

今から三年前、酒に酔った者同士の刃傷沙汰《にんじょうざた》があった。一方は番方、もう一方は小普請。小普請のほうは旗本の次男坊で、日頃から報われぬ身の上を嘆き、誰彼かまわず管《くだ》を巻いていた。それを小莫迦にした番士とのあいだで小競《こぜ》りあいになり、仕舞いには双方が刀を抜いたのだ。

「ふたりは刀を振りまわし、見世《みせ》のなかは大騒ぎになったそうです」

仁志は命からがら外へ逃げたが、何人かはとばっちりを受けて怪我を負った。

そこにふらりとあらわれたのが、当時は小普請組に属していた矢代田平内であった。

「見世のなかを覗《のぞ》き、一歩踏みこむなり抜刀した。抜き際の一撃で番士の脇胴を抜き、二撃目でもうひとりの脇胴も抜いた。ところが、ふたりの傷は深くありませんでした。わざと手加減したのだそうです」

その場はとどこおりなくおさまったが、刃傷沙汰をおこしたふたりには切腹の沙汰が下された。矢代田もとばっちりを受ける恰好で謹慎とされたが、見世にいた連中の嘆願もあって甲州勤番に転じることが決まったのだ。

「なるほど、それが山流しの経緯か」

「同情すべきはなしですが、刃傷沙汰に巻きこまれなければ、生涯小普請のままで終わった公算も大きかった」

ともあれ、市之進は三年前に凶事のあった『藪栄』を訪ね、矢代田が小十人頭の配下と会っているのを突きとめた。

「幸運でした。奥で蕎麦を打つ親爺《おやじ》さんが教えてくれたのです。矢代田の顔をみたときは、あまりの懐かしさに抱きつきたいほどだったとか」

しばらく思い出話に花を咲かせていると、菅笠《すげがさ》をかぶった見知らぬ侍が訪ねてきた。親爺が何気なく素姓を糺《ただ》すと、矢代田のほうがうっかり口を滑らせたのだという。

「名を告げられた早瀬玄蕃がしかめ面《つら》をしてみせたので、親爺は余計なことを聞いたとおもって平身低頭《へいしんていとう》謝った。そうした経緯もあって、その晩のことをはっきりおぼえていたのでしょう」

もちろん、翌朝、矢代田平内が老中の駆け駕籠を襲って討たれたことなど、親爺は知る由《よし》もなかった。市之進から事情を聞き、驚いて腰を抜かしかけたらしい。

「早瀬玄蕃のことも少し調べました。甲源一刀流の練達《れんたつ》だそうです。それと、おもしろいことがわかりましてね」

「何だ」

蔵人介は大いに興味をそそられたが、感情の揺れをいっさい顔に出さない。

市之進は顔を寄せ、声をいっそうひそめる。

「早瀬玄蕃は歴《れき》とした旗本ではありません。武田《たけだ》家の遺臣《いしん》で、昨年まで甲州におったとか」

甲州領内では博徒《ばくと》とともに、領民たちから「ご浪人さま」と呼ばれる武田家の遺臣たちが幅を利《き》かせている。「ご浪人さま」の存在は、幕臣たちが甲州勤番を嫌がる理由のひとつでもあった。

「おそらく、早瀬を見出《みいだ》したのは小十人頭の仙波久秀《せんばひさひで》さまにござります。仙波さまは昨年の暮れまで、甲府勤番の御支配《ごしはい》をつとめておられました」

「ほう」

御役知《おやくち》一千石の甲府勤番支配は平役の者たちと異なり、大身旗本《たいしん》のあいだでは出世の足掛かりと目《もく》されていた。同役から御小姓組番頭や御書院番頭《ごしょいんばんがしら》や大御番頭《おおごばんがしら》へ昇進した者も多い。ところが、甲府勤番支配から小十人頭への配転は、誰の目でみてもあきらかな降格だった。

「仙波さまは出世をもくろんでいたにもかかわらず、何らかの理由で降格になった。その際、向こうで手懐《てなず》けた早瀬を連れてきたのではあるまいか。その早瀬と矢代田がご老中襲撃前夜に会っていた。いかがです、臭いとはおもわれませぬか」

臭い。ぷんぷん臭《にお》う。

同時に、蔵人介は市之進の身を案じた。

「なにゆえ、仙波さまは降格になったのか。そのあたりに糸口があるようにおもわれてなりません」

「鳥居さまに報告するのか」

「いいえ、まだその段階ではないのではと。義兄上はどうおもわれますか」

「たしかに、まだ早いな。鳥居さまは、疑わしい者はまず捕縛すると聞いておる。報告すれば、早瀬なる者が引っぱられよう。ただし、早瀬は吐かぬとみた。武田の遺臣なれば、往生際《おうじょうぎわ》の悪いことはすまい。責め苦に耐えきれぬと踏めば、即座に舌を嚙《か》むであろう。そうなれば、裏で糸を引く者の首は繫がる」

「やはり、もう少し証拠集めをすべきですね」

小鼻をぷっとひろげる市之進には、以前にも増して手柄を立てたいという気負いがみてとれる。

「ひとりで動かず、串部に相談してみろ」

蔵人介は突きはなすように言い、冷めた酒を呷った。

七

蕎麦屋の出口で市之進と別れ、神田橋《かんだばし》御門のほうへ向かった。

濠端を通って市ヶ谷まで帰ろうとおもったのだ。

それにしても、市之進はいつのまにか徒目付らしくなった。融通《ゆうずう》の利《き》かぬ朴念仁《ぼくねんじん》が所帯を持って子に恵まれ、野心旺盛で抜け目のない役人へと変貌しつつある。

頼もしい一方で、何やら淋しい気もした。

串部といっしょに市之進の失態をからかった日々が懐かしい。

蔵人介はあれこれ考えながら、三河町《みかわちょう》までやってきた。
このあたりはまだ町人地なので、侍のすがたは少ない。
頭上には雨雲が垂れこめ、いつ降ってきてもおかしくない空模様だ。
できるだけ大路を避け、狭い露地《ろじ》裏を選んで歩く。
暗がりに咲く白い十字の花は、十薬《じゅうやく》の異名《いみょう》もあるどくだみであろう。
そういえば、屋敷の庭にも植わっていたなと、蔵人介はおもった。
「おっと、ごめんなさいよ」
担ぎ商いの連中と擦れちがうときは、道脇に避《よ》けねばならない。
地味な着物を纏《まと》った女が、後ろから小走りに近づいてきた。
産着《うぶぎ》にくるまった赤ん坊を重そうに抱いている。
蔵人介は足を止め、身を反らすように退いた。
「すみません」
女は俯《うつむ》いたまま、通りすぎていく。
と、おもったら、ふいに足を止めた。
振りかえるや、胸に抱いた赤子《あかご》を足許に落とす。
「あっ」

蔵人介はおもわず、手を差しのべた。

が、落ちたのは赤子ではない。

産着にくるまった木像だった。

「やっ」

女は両手で匕首《あいくち》を握っていた。

閃《ひらめ》いた白刃が、蔵人介の腹に刺しこまれる。

「ぬぐっ」

痛みよりも、驚きのほうがさきにたった。

刹那《せつな》、鉛弾のような雨が降ってくる。

「うひぇっ、来やがった」

鯔背《いなせ》な若い衆が何も知らずに通りすぎていく。

蔵人介は、がっくり膝をついた。

なぜ、刺したのだ。

無言で女に問うた。

「矢代田平内の仇《かたき》じゃ」

女は恨みの籠もった声で応じ、ぱっと身をひるがえす。

そして、後ろもみずに走りさっていった。
「うわっ、お侍が刺されたぞ」
蔵人介はくたりと、その場に正座する。
腹の脇には、匕首が突きたったままだ。
流れだした血が、側溝に呑まれていく。
雨に打たれながらも、腰の印籠《いんろう》をもぎとった。
どぶ際に八《や》つ手《で》をみつけ、葉を引きちぎって血止《ちど》めの粉をまぶす。
大きな葉ごと傷口にあてがい、ずりっと匕首を抜いた。
「ぬうっ」
一気に血がほとばしる。
だが、咄嗟《とっさ》に急所を外していた。
これしきの傷で動けぬことはない。
刺されたことのほうが衝撃だった。
――矢代田平内の仇。
と、女は言った。
妻女《さいじょ》であろうか。

噂を聞いたにちがいない。

鬼役がとどめを刺したと誤解しているのだ。

「……そ、そうだ」

あの女、広めの富士額《ふじびたい》にみおぼえがある。

誰であったか。

記憶をたぐりつつ、地べたに目を落とす。

女の抱いていた木像が雨に打たれていた。

粗い鉈彫《なたぼ》りの地蔵菩薩だ。

「くそっ」

地獄に導かれるのは、まだ早すぎる。

木像のそばに咲くどくだみを毟《むし》りとり、葉を揉《も》んで傷口を拭う。

蔵人介は、よろめきながらも立ちあがった。

「うわっ、起きた」

誰かが叫んだ。

気づいてみれば、周囲に人垣ができている。

「医者だ医者、早く連れてこい」

手を横に振り、医者を断った。

ふと、女の面影《おもかげ》が脳裏を過《よ》ぎる。

おもいだした。

紫陽花道場で見掛けた女だ。

岩間はたしか、義理の妹だと言っていた。

蔵人介は口をへの字に曲げ、痛む腹を押さえて歩きだした。

八

翌夕、城中笹之間《ささのま》。

傷は癒《い》えていないものの、蔵人介は何食わぬ顔で役目に勤《いそ》しんでいた。

中奥御膳所《なかおくごぜんしょ》の東端にある大厨房《おおちゅうぼう》から運ばれてくる料理を、流れるような所作《しょさ》で毒味していく。

一の膳の汁は鴨《かも》の濃漿《こくしょう》だ。千切《せんぎ》りにした牛蒡《ごぼう》と干し椎茸《しいたけ》と人参《にんじん》が添えられ、三つ葉をぱらぱら散らしてある。

音も起《た》てずにひと口啜り、舌のうえを滑らせながら喉へ落としこむ。

味など判別せずともよい。美味いのはわかっている。わずかな痺《しび》れを感じるか否《いな》か、それだけに集中する。

「矢背どの」

相番《あいばん》の桜木《さくらぎ》兵庫《ひょうご》が肥えた腹を揺すり、はなしかけてきた。

ぎろりと睨みひとつで制し、鮃《ひらめ》の刺身に取りかかる。

懐紙《かいし》で鼻と口を押さえ、自前の竹箸を器用に動かす。

刺身は色で判別できた。毒を仕込むとすればツマか醤油だ。

これもひと舐めすれば、即座に毒の有り無しを判別できる。

膳には鱸《すずき》の塩焼きや、鮑《あわび》の蒸し味噌和《あ》えなどもあった。

鱸は筒切りにし、裏表に塩を振って小半刻《こはんとき》寝かす。酒で塩を洗いながし、裏表をこんがり焼いて仕上げるのだが、公方の口にはいるころには冷めていた。怪しいのは鱸そのものではなく、甘酢《あまず》漬けにされた生姜《しょうが》の付けあわせだ。一方、蒸し物については、濃い味付けに細心《さいしん》の注意を払わねばならぬ。

膳にはほかにも、塩鯖《しおさば》や鯛《たい》の子の塩辛《しおから》、酒と酢と塩を混ぜた汁に鰺《あじ》の身だけを漬けこんだかまくら漬けなど、大御所《おおごしょ》となった家斉《いえなり》が本丸《ほんまる》にあったころとは異なる品も並んでいた。

新将軍の家慶《いえよし》は大酒呑みで、塩辛いものを好む。

料理方は側近の要望を入れ、家斉よりも味付けを濃くしていた。

もちろん、蔵人介の舌は味のちがいを敏感に察知できる。

すでに、家慶の好みに合わせた舌に変わっていた。

毒味を済ませた料理は小納戸衆によって、つぎつぎに炉《ろ》の設《しつら》えられた隣部屋へ運ばれていく。

汁物や吸い物は替え鍋で温めなおし、ほかの料理は盛りつけしなおされたのち、梨子地金蒔絵《なしじきんまきえ》の懸盤《かけばん》に並べかえねばならぬ。それらが銀舎利《ぎんしゃり》を詰めたお櫃《ひつ》とともに、家慶の待つ御小座敷《おこざしき》へ運ばれていった。

中奥の西端にある御小座敷までは遠い。配膳方は長い廊下を足早に渡っていかねばならず、懸盤を取りおとしでもしたら首が飛ぶ。滑って転んだ拍子に汁まみれとなり、味噌臭い首を抱いて帰宅した者も過去にはあった。

代替わりとなってから本丸の鬼役は六人に増え、ふたりずつの交替でやりくりされている。笹之間では以前のとおり、どちらか一方が毒味役となり、別のひとりは見届け役にまわる。落ち度があれば毒味役が負い、見届け役は落ち度のあった毒味役を介錯《かいしゃく》すべき立場にあった。

蔵人介はかならず、相番から毒味役を押しつけられる。むしろ、そのほうが気楽なので、頼まれずとも引きうけてきた。今や古参となった桜木兵庫も、当然のごとく、蔵人介との相番をのぞんだ。

衣擦《きぬず》れとともに、二の膳が運ばれてきた。

蓼《たで》と茗荷《みょうが》の吸い物にはじまり、鱚《きす》の塩焼きと付け焼き、蒲鉾《かまぼこ》と玉子焼きの置合わせ、からすみの壺《つぼ》、瓜の奈良《なら》漬けを粕和《かすあ》えにした夏らしい香《こう》の物などが並ぶ。

それらの毒味を難なくこなしつつ、蔵人介は味の微妙な変化を見極めていった。判別がついたものは、すべて喉を通さねばならない。毒とわかっても吐きだすことは許されぬ。それが毒味の定法だった。

七宝焼《しっぽうや》きの平皿には、鯛の尾頭《おかしら》付きが載っている。

尾頭付きの骨取りは鬼役の鬼門《きもん》だが、蔵人介にとっては何ほどのこともない。頭、尾、鰭《ひれ》と、真鯛のかたちをくずさずに骨を取っていく所作は名人の域にある。

骨取りも無事に終わり、蔵人介は箸を措《お》いた。

すぐさま、膳は「お次」の隣部屋へ下げられていく。

「ふうっ」

安堵の息を吐いたのは、桜木のほうだ。

「骨取りは母が嬰児《えいじ》を産みおとすかのごとし。誰かの言った喩《たと》えどおり、眺めているだけでも肩が凝る。いや、あいかわらず見事なお手並み、感服《かんぷく》つかまつった」

蔵人介は懐紙で口《こ》を拭い、きっと睨みつける。

「さきほど、はなしかけてこられたな。あれは」

「すまぬ。うっかり声を掛けてしもうた。なにせ、それそこ」

指でしめされた自分の腹をみると、裃の一部が赤く滲《にじ》んでいる。

「ひょっとして、血ではござらぬか」

「ふむ、そのようじゃ。これは不覚」

蔵人介は横を向き、裃を片脱ぎに脱いで腹を晒《さら》した。

自分で縫いつけた傷口の一部が裂け、血が流れている。

「桜木どの、無礼をお許しくだされ」

蔵人介は袖《そで》に隠してあった針と糸を取りだし、器用に腹の傷を縫いはじめた。

「うえっ、みちゃおられぬ」

「桜木どの、みなかったことにしてくだされ。このことが御小納戸頭取にでも知れたら、役を辞さねばなりませぬ」

「それは困る。矢背どのがおらぬようになったら、拙者は明日から生きた心地がせぬ。ご案じめさるな。ゆめゆめ口外いたすまい。そんなことより、どうなされた。まさか、あのときの金瘡《きんそう》ではあるまいな」

「あのときとは」

睨みつけると、桜木は軽く咳《せき》払いする。

「駆け駕籠さ。水野越前守さまが謀殺されかけたときのことでござるよ」

「ふっ、とんでもない。息子に真剣の使い方を指南しておった際、誤って傷をつけたのでござる」

「抜刀の名手にしてはおめずらしい。猿も木から落ちるというわけか」

「いかにも」

「されど、矢背どのはご老中が襲われた修羅場におられたそうだな。しかも、刺客にとどめを刺してやったとか」

「莫迦な。誰がいったいそのようなことを」

「もっぱらの噂にござる。ちがうのか。噂の出所は越前守さまご本人とも聞いたが」

「ご老中は拙者の真後ろに座っておられた。それゆえ、とどめを刺したかのごとく見誤られたのでござろう」

「矢背どのが対峙したとき、刺客はすでに死んでいたと申すのか」

「死んではおらなんだが、死に体《たい》ではあった」

刺客は顔を近づけ、右手で襟首を摑みながら「頼む」と漏《も》らしてことされた。

自分に代わって水野越前守を討ってほしい。それが頼みであったとすれば、もちろん、受ける気はない。

「鬼役がご老中の盾になったと、城内の一部では評判になっておる。それゆえ、拙者も同役として鼻が高《たこ》うござってな。ところで、越前守さまのお命を狙った企て、甲州金絡みだと申す者もおる」

「ほう」

知らぬふりをすると、桜木は調子に乗って説きはじめた。

「ご存じのとおり、甲州金は甲斐一国でしか通用せぬ金貨じゃ。これをつくりだしたのは、かの武田信玄《しんげん》公よ」

信玄統治下の甲斐武田領内には黒川金山《くろかわきんざん》や湯之奥《ゆのおく》金山などの金山が豊富にあり、信玄の号令一下《ごうれいいっか》、大量に採掘された鉱石が灰吹法《はいふきほう》によって金に精錬された。さらに、金座《きんざ》役人のもとで鋳造《ちゆうぞう》がおこなわれ、碁石金や露金《ろきん》や太鼓判《たいこばん》などと呼ぶ金貨となって領内に流通していったのだ。

その当時、甲斐国以外で流通する金貨は主に砂金《さきん》で、銀のように重さで価値を量《はか》らねばならなかった。一方、甲州金だけは一定の重さに統一されており、天秤で量らなくても数で価値を決められた。碁石金一箇を一両《りょう》と定め、そのしたに四枚で一両の一分《ぶ》判、四枚で一分の一朱《しゅ》判、四枚で一朱の糸目《いとめ》判《ばん》がつくられたのである。徳川幕府にも採用された四進法の貨幣制度は、信玄の生みだした制度にほかならなかった。わずかな金銭は気にしないときに使う「金に糸目をつけない」ということばなども、甲州金の単位に由来する。

織田信長によって武田家は滅ぼされたが、甲州金の制度だけは甲斐国でずっと生きつづけた。徳川の御代《みよ》になると松木《まつき》氏が金座役人に任じられ、佐渡《さど》から招かれた金工たちが甲府へ移住して鋳造をおこなった。

ところが、通貨統一をもくろむ幕府の意向によって、甲州金は何度も廃止に追いこまれた。廃止されるたびに復活を遂げた理由は、領民たちが使いつづけてきたので便利なことと、信玄の遺言《ゆいごん》を頑《かたく》なに守る武田家の遺臣たちが甲州金を矜持《きょうじ》の拠《よ》り所にしてきたからだ。

そうした説明をくだくだと述べ、桜木はようやく本題にはいった。

「昨年の暮れにおこなわれた評定《ひょうじょう》で、水野越前守さまは甲州金の廃止をご提案なされたらしい」

逼迫《ひっぱく》した幕府財政を建てなおすには、通貨の統一が望まれる。

水野越前守は揺るぎない姿勢で正論を吐き、評定は甲州金廃止の方向へかたむきかけた。

ところが、大老《たいろう》井伊《いい》掃部頭直亮《かもんのかみなおあき》の反対などで結論を先送りにされた。

この評定には老中と若年寄のみならず、三奉行や遠国《おんごく》奉行や甲府勤番支配なども列席しており、甲州金廃止を発議《はつぎ》した越前守の強硬な態度は城内でも多くの者が知るところとなった。

「越前守さまを襲った刺客は碁石金を隠しもっていたと聞いた。そればかりか、越前守さまの中屋敷門前で斬られていた中間も手に碁石金を握っていたとか。このふたつが結びつかぬはずはない。いずれも甲州金との関わりを示唆《しさ》しておる。いかがかな、矢背どのもそうおもわれぬか」

「はて、どうであろうか」

首を捻ると、桜木は閉じた扇子で膝を叩いた。

「もうひとつ、評定にはおまけのようなはなしがござる。当時、甲府勤番御支配であられた仙波久秀さまが、御歴々の面前で越前守さまに罵倒《ばとう》されたのだとか」

「ん、それはなにゆえに」

蔵人介は我を忘れ、膝を乗りだす。

「さあ、そこまでは」

意味ありげに微笑む桜木が憎たらしい。

だが、あながち的外れな指摘でもあるまい。

このたびの老中襲撃は昨年暮れの評定と関わりがあるにちがいないと、蔵人介はおもった。

九

蔭間茶屋《かげまぢやや》の並ぶ日本橋芳町《よしちよう》の露地裏に、朱文字で『お福』と書かれた青提灯がぶらさがっている。

ふっくらした色白の女将《おかみ》はおふく、かつては吉原《よしわら》の花魁《おいらん》だった。身請けしてくれた商人が抜け荷に絡んで没落し、傷心のおふくは裸一貫からこの一膳飯屋《いちぜんめしや》を立ちあげ、細腕一本で繁盛させたのだ。

涙ながらに教えてくれたのは、常連客の串部だった。

目尻を下げて長居するわりには、恋情を告白できない。

蔵人介も何度か付きあったが、いつも焦《じ》れったい気持ちにさせられた。

だが、片想いの相手と長く付きあいたいのなら、恋情を告げずにおくことだ。

おそらく、串部もわかっているのだろう。

恋情を伝えたくとも、酒で紛らわすしかない。

横幅のある串部の背中には、近頃哀愁が漂いはじめた。

卓に並んだ大皿には、ちぎり蒟蒻《こんにやく》の葱《ねぎ》味噌煮、焼き茄子《なす》の胡麻酢《ごまず》和え、擂《す》り鉢《ばち》で擂ってつくった牛蒡《ごぼう》餅など、美味そうなおかずがてんこ盛りにしてあった。

客たちはこれらを平皿に取りわけ、肴にしながら燗酒を舐めている。

串部が岩間忠兵衛と出遭ったのも、この見世であった。

蔵人介は弁天町の道場まで足労《そくろう》し、鐵太郎を通わせることに決めた。

もちろん、得体《えたい》の知れぬ女に腹を刺されてからは通わせていない。

はたして、岩間が串部と親しくなったのは偶然なのかどうか。

蔵人介は今や、それすらも疑っている。

「殿がお読みになったとおりにござります」

串部は銚釐《ちろり》をかたむけて酒を注ぎ、申し訳なさそうな顔をした。

「岩間忠兵衛と矢代田平内は、愛宕下藪小路《あたごしたやぶこうじ》にある甲源一刀流の道場で師弟の間柄にござりました」

しかも、ふたりはともに小普請から甲州勤番となった。ひとまわり近く年上の岩間は矢代田よりも十年早く甲州に赴任《ふにん》したが、のちに矢代田が赴任して一年間はともに甲府城防備の役目に就いていたらしい。

「ふたりは甲州勤番のなかで、龍虎《りゅうこ》と称されたほどの遣い手にござりました。向こうで所帯も持ちましてな、さきに赴任した岩間は曾根房五郎《そねふさごろう》なる人物の娘を娶《めと》り、子宝にも恵まれた」

曾根房五郎は金山衆《かなやましゅう》の元締めであるという。

金山衆は信玄の配下にあって金の鉱山を採掘し、灰吹法《はいふきほう》によって金を精錬した。灰吹法とは鉱石から金を採取する高度な手法のことだ。金が鉛といっしょになると低温で溶ける性質を使い、溶かしたあとは動物の骨にふくまれるリンを用いて鉛と分離させる。鞴《ふいご》を吹いて温度をあげれば金の純度もあがるので、灰吹法という名が付けられた。

金山衆の土木技術は、他の追随を許さぬほど高度なものらしかった。金山の経営全般を任されていただけでなく、戦時には敵の城外から地下に隧道《ずいどう》を掘ったり、井戸を壊して水を断ったり、石垣を崩したりといった大手柄をあげた。武田勢の城崩しには欠かせぬ戦力として位置付けられていたのだ。

そうした金山衆の末裔《まつえい》でもある曽根には、ふたりの娘があった。

姉は岩間がひと目ぼれして娶ったが、産後の肥立《ひだ》ちが悪くて亡くなった。

一方、妹のほうは岩間の紹介で、矢代田のもとへ嫁いだらしかった。

「つまり、岩間と矢代田は金山衆の姉妹を娶った義理の兄弟ということになります」

「ひょっとして、わしが岩間道場でみた旅装姿の老人と女は」

「曽根房五郎と次女の吉《よし》かもしれませぬな」

「あの女、吉と申すのか」

匕首で突きかかってきた女が吉であったことは疑いようもない。

「夫、矢代田平内に引導を渡したのが殿だとおもいこみ、夫の仇討ちをもくろんだのかも」

腹の刺し傷が疼《うず》いた。

串部の指摘したとおりだ。

「迂闊《うかつ》にござりました。岩間忠兵衛の狙いは、最初から殿であったに相違ない。殿に近づくために『お福』を訪れ、拙者と親しくなったのだ」

それが事実なら、外見とちがって用意周到な人物とみなすべきだろう。

「されど、騙《だま》された気がせんのです」

串部は吐きすて、目刺《めざ》しを齧《かじ》った。

岩間との友情を信じたい気持ちが強いのだ。

「おぬしも甘いな」

蔵人介は盃をかたむけ、毒を呑んだような顔をする。

串部はあきらめきれぬ様子で言った。

「殿、今から糾《ただ》しにまいりませぬか」

「よし」

ふたりは唐突に席をたった。

そこへ、とんと冷や汁がふたつ出される。

鰹《かつお》と昆布出汁《こんぶだし》で味噌を溶き、鯵の干物と木綿《もめん》豆腐と胡瓜《きゆうり》、さらには白胡麻に大《おお》葉《ば》をちらしてこしらえる。おふく自慢の一品だ。

「あら、せっかく作ったのに、もうお帰りなの」

おふくの可愛らしい膨《ふく》れ面が、串部をでれでれにさせる。

蔵人介は座りなおし、絶品の冷や飯をかっこみはじめた。

「詮方《せんかた》あるまい」

十

町木戸の閉まる亥ノ刻《いのこく》は近い。

弁天町へ出向いてみると、闇が何やら揺らいでみえた。

紫陽花の咲く道場の門前に、怪しげな人影が三つある。

蔵人介は辻陰に隠れた。

「もしや、市之進さまでは」

串部が囁《ささや》くとおり、人影のひとつは見慣れた義弟のものだ。

もうひとりも同じ年恰好の月代侍で、三人目は頭巾《ずきん》をかぶった偉そうな人物だった。

もしかしたら、目付の鳥居耀蔵かもしれない。

強引な手法で知られる目付がみずから出馬してきたということは、狙った獲物はよほどの大物とみてまちがいなかった。

おそらく、岩間忠兵衛であろう。

串部が調べてきたのと同じような内容を、目付も把握している公算は大きい。

「市之進め」

上役を導いたのは、功を焦った義弟にまちがいなかった。

老中を襲った下手人の黒幕が潜んでいるとでも告げたのか。

どっちにしろ、捕縛されて責め苦を受けたら一巻の終わり、一徹《いってつ》な性分の岩間は舌を嚙むかもしれない。

そうなれば、真相は闇に葬られる。

蔵人介は市之進の浅慮《せんりょ》に怒りをおぼえた。

「どうなされます」

串部も心配げに問うてくる。

この男にはまだ、岩間を死なせたくない気持ちがあるのだ。

蔵人介は黙って応じず、一歩前へ踏みだす。

「あっ」

串部が止める暇もなく、すたすた門前へ近づいていった。

「おい、市之進」

呼びかけると、義弟は驚いた顔を向ける。

「あっ、義兄上、どうしてここに」

「それはこっちの問いだ。徒目付が町道場の道場主に何か用か」

「……そ、それはその」

ためらう市之進の肩を、頭巾の侍がむんずと摑む。

もうひとりの月代侍は腰を沈め、大刀の柄に手を添えた。

できる。油断のならぬ手合いだ。

頭巾侍が低く発した。

「おぬし、ひょっとして、鬼役の矢背蔵人介か」

「いかにも。貴殿は」

「名乗る気はない。名乗れば、おぬしも困ろうというもの。おぬし、ご老中を襲うた狼藉者を成敗したそうじゃな」

「それは、越前守さまの勘違いにございます」

「ほう、勘違いか。ならば、おぬしの手柄も無かったことになるな」

「仰せのとおり、手柄などあげておりませぬ」

「殊勝《しゅしょう》なやつ。毒味で一生終える気か」

「御意《ぎょい》」

「ふふ、潔《いさぎよ》いのか莫迦なのか、どっちにしろ食えぬ男じゃわい」

頭巾の下でふくみ笑いをしてみせる相手に、蔵人介は問いを投げかける。

「岩間忠兵衛どのを捕縛するおつもりか」

「さよう」

「罪状をお聞かせ願いたい」

「無論、ご老中の謀殺を企てた廉《かど》よ」

「証拠はござるのか」

「んなものはいらぬ。責めて吐かせれば、それが証拠になる」

「これはまた、無謀なはなしにござりますな。痩せても枯れても相手は武士。今は浪人しているとは申せ、十三年も甲州勤番をつとめた功労者にござりますぞ」

「ほほう、罪人と疑わしき者の肩を持つのか」

「いいえ」

蔵人介は首を振り、ゆっくり歩きはじめた。

頭巾侍はうろたえる。

「止まれ。勝手に歩くな」

若い月代侍が呼応し、行く手を阻もうとする。

「青柳監物《あおやぎけんもつ》がお相手いたす」

「ほう、これは威勢がよい」

もしかしたら、市之進が出世を張りあっている相手かもしれない。

当の市之進は頬を強張らせたまま、木偶《でく》の坊《ぼう》のように佇《たたず》んでいた。

刀を抜こうとする青柳を、鳥居とおぼしき頭巾侍が制する。

「さがらぬか。おぬしのかなう相手ではないわ」

こちらの実力を知っているような口振りだ。

「矢背よ、おぬしは何がしたい」

「よう聞いてくだされた。そこな門の陰に隠れておる者に用がござる」

「なにっ」

目付三人が振りむいた。

門の潜り戸が開き、人影がひとつ抜けだしてくる。

岩間忠兵衛であった。

頭に柿色の鉢巻を巻き、襷《たすき》掛《が》けまでしている。

異様な外の気配を察し、返り討ちにしようと待ちかまえていたのだ。

「矢背さま、はなしはすべて聞かせてもらいました」

「ふん、さようか」

「何か言い分がおありなら、お聞きいたしましょう」

「わしは人に嘘を吐《つ》かれるのが嫌いでな、目途《もくと》のためにわしを欺《あざむ》いたのならば、おぬしを斬らねばならぬ。尋常に勝負しろ」

「承知いたしました」

蔵人介は小走りに間合いを詰め、相手に抜刀の隙《すき》を与えない。

後ろの三人にも止める暇を与えなかった。

「とあっ」

低く沈みこみ、岩間の脇胴を抜く。

――ばすっ。

手応えがあった。

「ぬぐっ」

岩間忠兵衛は斬られながらも刀を抜きはなち、反転しながら大上段に振りあげる。

「はうっ」

蔵人介も反転しながら飛びあがり、右八相《はっそう》から二撃目を袈裟懸けに斬りさげた。

「ぬがっ」

岩間は仰《の》けぞった反動で闇雲《やみくも》に刀を振る。

が、空《す》かされて俯《うつぶ》せに倒れていった。

「市之進、脈を確かめよ」

間髪《かんはつ》容《い》れずに叫ぶと、義弟が慌てた様子で駆けよる。

岩間の首筋を指で触れ、顔をあげて首を左右に振った。

「ちっ」

青柳が舌打ちする。

鳥居とおぼしき人物は微動だにもせず、蔵人介を鋭い眼光で睨みつけた。

「武門《ぶもん》の意地というやつか。ふん、鬼役め。義弟に免じて、今宵《こよい》のことは不問にして進ぜよう。されど、つぎは容赦せぬ。勝手なまねをしたら、義弟に縄を打たせるぞ」

「ご随意に」

蔵人介は長柄刀《ながつかとう》をぶんと振り、見事な手さばきで納刀する。

市之進は蒼褪《あおざ》めたまま、ひとことも発しない。

しばらくして、三人は辻向こうに消えていった。

入れ替わりに、串部が血相《けっそう》を変えて駆けつける。

倒れたままの岩間に近づき、首筋にそっと触れた。

「ん」

串部が笑いかけてくる。

「芝居にしては念が入っておりましたな」

「ふん、咄嗟の機転にすぎぬわ」

蔵人介は、つまらなそうに目を逸《そ》らした。

十一

門を敲《たた》いて娘の濃に開けさせ、岩間を道場の内《なか》へ運びこんだ。

先日見掛けた老人と女も待ちかまえており、顔を強張らせる。

女はあきらかに、蔵人介を刺した張本人だった。

が、事態をよく呑みこめていない。

「案ずるな、傷は浅い」

串部が岩間の着物を裂くと、脇腹に浅い金瘡がみえた。

血の量が多いわりには浅傷《あさで》で、串部は濃の持ってきた焼酎を口にふくむや、ぶっと吹きつける。

「ひっ」

岩間は跳ねおき、丸めた目を瞬《しばたた》いた。

心配そうに覗きこむ濃をみつけ、額に盛りあがるたんこぶを撫《な》でる。

「案ずるな、このとおり生きておる。矢背さまがひと芝居打ってくださったのだ」

「えっ」

「そうでなければ、今ごろは首と胴が繋がっておらぬ。ぷはは、痛っ……ともあれ、矢背さまに感謝せねばなるまい」

老人と女が驚いて顔を見合わせる。

蔵人介も上から覗きこみ、笑《え》みをかたむけた。

「さすが、岩間どの。初太刀《しょだち》でこちらの意図を察し、二撃目の峰打ちには上手に応じてくれた。あれこそが阿吽《あうん》の呼吸、達人でなければなせぬ芸当《げいとう》よ」

「お褒《ほ》めいただく資格はござらぬ。矢背さまに嘘を吐いたことについては解決しておりませぬからな。それに、とんでもない誤解をしておりました。わたくしどもは今さっきまで、矢背どのを仇におもっていたのでござる」

かたわらで、女が土下座をした。

誤解が解けたのだとすれば、市之進たちに礼を言わねばなるまい。

串部が岩間の負った金瘡を晒《さら》しで縛りつけ、濃の用意した三筋縞《みすじじま》の着物を羽織らせてやる。

「いや、すまぬ。串部どのにも謝らねばなるまい」

「もう済んだことだ。それより、そちらの方々のご紹介を」

「おう、そうじゃ。こちらは矢代田平内の妻、吉にござる。そして、隣に控える父の曽根房五郎は、拙者の義父でもある。拙者は曽根どのの長女を娶り、濃という子宝に恵まれた。残念ながら妻は鬼籍《きせき》に入ったが、縁あって妹の吉を弟子の平内に紹介したのでござる。平内はとんでもないことをしでかしたが、遺骸に暴行をくわえた水野家の供人らの酷い仕打ちを聞き、わしらは腸《はらわた》の煮えくりかえるようなおもいを抱かされた。言いようのない口惜しさの捌《は》け口を、とどめを刺したとされる矢背さまに向けたのでござる。されど、やはり、それはとんでもない間違いであった」

「やはりと仰《おつしや》るのは」

「矢背さまとはじめてお会いしたとき、直感が囁《ささや》いたのでござる。憎むべき相手は、このおひとではない。ところが、頭に血をのぼらせた吉には通じなかった。なにせ、夫の仇を討つべく、甲州から寝ずに駆けつけてきたのですからな」

「……も、申しわけございませぬ」

吉は額を床に擦りつけ、噎《むせ》び泣きはじめた。

父親の曽根房五郎も頭を下げる。

「矢背さま、まことにお詫びのしようもございませぬ。娘の吉は矢代田平内と一心同体も同然にございました。命よりもたいせつな夫を奪われ、自分を見失っておるのでございます」

「もうよい。お気持ちはようわかった。それより、矢代田どのが老中謀殺に奔《はし》った事情を聞こう」

蔵人介の問いに応じ、岩間が吉に顎《あご》をしゃくる。

吉は泣きながら、懐中からよれた文を取りだした。

「夫の遺した文にございます。どうか、お読みください」

蔵人介は文を手に取り、さっと目を通す。

——われは忠義に生き、大義に死す。

太い文字で綴《つづ》られた内容は、みずからの尋常ならざる覚悟をしめすとともに、遺された妻を労る内容に満ちていた。

――われは甲州領民の捨て石となり、奸臣を討たんと欲す。いつも苦労を掛けて申し訳ない。ただし、こたびの役目を無事に果たしさえすれば、出世の道筋がひらけるかもしれぬ。無論、堂々と正義をおこなう以上、罰せられる恐れは微塵もない。おぬしも肩身の狭いおもいをせずに済む。わが身に万が一のことあらば、駿河台のご支配さまを頼るべし。

脇から覗いた串部が口を挟んだ。

「駿河台《するがだい》のご支配さまとは誰のことであろうな」

岩間が囁くように応じた。

「元甲府勤番支配、仙波久秀さまにござる」

「仙波久秀とは小十人頭の」

「いかにも」

「繋がった。矢代田平内は決行前夜、仙波の家来と会っておる」

「それは初耳にござる」

身を乗りだす岩間や曽根に向かって、蔵人介は神田雉子町の『藪栄』で矢代田と早瀬玄蕃が会っていたことを告げた。

「その蕎麦屋なら、存じております」

曽根が神妙な顔でうなずいた。

俠気《きょうき》のある金山衆の元締めは、娘婿から十割蕎麦のはなしを告げられ、口いっぱいに唾《つば》を溜めたことがあったらしい。

「『藪栄』なる蕎麦屋は、娘婿が甲州勤番になるきっかけになったところにございます。つまり、矢代田平内とわたしどもの縁を繋いでくれたところゆえ、いつかは吉と行ってみたいとおもっておりました」

「さよう。わしもそうおもいながら、まだ足を運んでおらぬ」

岩間は淋しげに笑った。

蕎麦屋で喧嘩の仲裁《ちゅうさい》にはいらねば、矢代田は命を落とさずに済んだかもしれない。

そんなことを考えているのだろう。

「平内が仙波さまから目を掛けられたのは、二年前のことでござる」

甲州勤番のあいだで、恒例の「御前試合」が催された。

「ところは甲府城内の大広間広縁、上座には仙波さまが着座されておりました。木刀による寸止めの勝負でござったが、矢代田と拙者は順当に勝ちあがり、決勝で立ち合う羽目になった。そこで、仙波さまがひとこと仰ったのでござる。この勝負を余興《よきょう》として扱うのはもったいない。誰か妙案はないか」

応じた者がひとりあった。

「武田の末裔を任じる早瀬玄蕃にござります。組頭に登用され、仙波さまの片腕と目されておりました。その早瀬が『役を賭けてはいかが』と発した。すなわち、負けたほうは役目を辞する。それほどの覚悟をもって打ちあえば、白熱した勝負となろう。そう説いたところ、仙波さまは即座に膝を打ったのでござります。今からおもえば、最初から筋書きのあったことだった」

串部が焦れたように聞いた。

「勝負の行方は」

「お察しのとおり、拙者の負けでござる。なるほど、平内は吉と所帯を持ったばかりでござった。されど、平内の名誉のために申しあげるが、わざと負けたのではない。尋常な勝負をし、胴打ちの一本を取られた。御前試合ののち、平内はしきりに恐縮し、拙者の身の上を案じてくれた。曽根どのも吉も泣きながら宿場外れまで見送ってくれたが、拙者は濃とともに晴れ晴れとした気持ちで甲州を去ったのでござる」

江戸の暮らしにもようやく馴《な》れたころ、義弟の平内が西御丸下で壮絶な死を遂げたことを噂で知った。水野家の供人たちによって遺体が足蹴《あしげ》にされたことも、矢背蔵人介なる鬼役がとどめを刺したらしいこともわかり、とりあえずは仇を討つべく、矢背家用人の串部に近づいた。それと同時に、甲州へ早飛脚《はやびきやく》を送って凶事を報《しら》せるや、吉が平内の文を携えて江戸へやってきたのだという。

「そして、うちの殿を仇とおもって刺したわけだな」

串部の繰り言《ごと》に、吉はまた土下座する。

「……も、申しわけございませぬ」

「よいのだ。串部、余計なことを蒸しかえすな」

蔵人介が叱ると、串部は口を尖らせた。

「はあ。それにしても、納得がいきませぬな。文によれば、矢代田どのは曇り無き大義の志を抱いて老中の駆け駕籠を襲った。それは水野越前守さまが甲州金を廃止せんとしたことに拠るのでござりましょう」

　甲州人にとって、甲州金の廃止は沽券《こけん》にかけても阻まねばならぬことやもしれぬ。

「百歩譲ってそうであったとしても、幕臣の仙波久秀が甲州金のことで謀殺の命を下すのでしょうか。それだけではない。おのれの放った刺客が死を遂げて辱《はずかし》めを受けたにもかかわらず、尻を搔いた張本人は名乗りもせずに頰被《ほっかむ》りをきめこんでいる。そんなことがあってよいはずはない。忠兵衛どの、文には『わが身に万が一のことあらば、駿河台のご支配さまを頼るべし』とありますな。吉どのは仙波久秀を訪ねてみられたのか」

「無論、江戸に来たその日に伺った。真相を聞かねば納得がいかぬゆえ」

「それで」

「門前払いにされました。おそらく、目付に道場の所在を報せたのも、仙波さまに相違ない」

「お恨みなされぬのか」

「恨んでも証拠がござらぬ。白洲《しらす》に訴えるにしても、平内の文だけでは弱すぎる」

「なるほど」

　正直、誰を仇とおもえばよいのか。見極めがたいとおもっていたところへ、目付たちがやってきた。
蔵人介が機転をはたらかさねば、四人まとめて縄を打たれるところであった。
吉は涙に濡れた顔をあげ、必死に問うてくる。
「どうか、どうか、矢代田の最期をお教えください」
蔵人介は戸惑った。
襟首を摑まれ、いまわに「頼む」と告げられた。
今し方まで、平内がおのれのなしえなかったことを託したのだとおもっていた。
だが、もしかしたら、あのことばには別の意味が込められていたのかもしれない。
なにゆえ、自分は死なねばならぬのか。
これは犬死にではないのか。
名誉の死というのなら、そのことを証明してほしい。
遺された者たちのために、自分を窮地に追いこんだ者の正体を暴いてほしい。
そうした存念《ぞんねん》が「頼む」という短い台詞に込められていたような気もする。
――忠義に生き、大義に死す。
蔵人介はもういちど、文の冒頭に綴られたことばを嚙みしめた。

十二

千代田城内、中奥。

大厨房のそばにある厠《かわや》で、蔵人介は何者かの気配に囁かれた。

「くふふ、めずらしいこともあるもので」

すがたはみえずとも、誰かはわかる。

公人朝夕人《くにんちょうじゃくにん》、土田伝右衛門《つちだでんえもん》であった。

公方が尿意を告げたとき、一物《いちもつ》を摘《つま》んで竹の尿筒《しとづつ》をあてがう。それが十人扶持《ぶち》で雇われた軽輩《けいはい》の表の役目、裏の役目は公方を守る最大にして最強の盾となることだ。

公人朝夕人が武芸百般《ひゃっぱん》に通暁《つうぎょう》しているのを、新将軍家慶の近習《きんじゅ》で知る者は少ない。ましてや、御小姓組番頭の橘右近から密命を下されている実態など、おそらく、蔵人介以外には誰も知るまい。

「鬼役どのから拙者に連絡《つなぎ》を求めるとは、よほど困っておられるご様子」

「橘さまも貸しをつくった気でおられような」

「それは、おもいあがりというもの。幕府の組織《しくみ》上、今や御膳奉行は御小姓組番頭の配下におかれており、橘さまがひとたび命をお下しになれば、鬼役どのは四の五の言わずにしたがわねばなりませぬ。幕府に禄を喰《は》む者として上役に忠誠を誓うのは、至極当然のありようにござりましょう」

「下された命が人斬りでもか」

「無論、御用なれば詮方ござりませぬ。誰かを殺《あや》めるまえに、まず、おのれの迷いを殺しなされるがよい」

「ふん、おぬしと言いあっても無駄だな」

「今宵、橘さまはお待ちかねとのこと」

ふっと、気配が消えた。

子《ね》ノ刻に近いので、夜廻りの小姓以外に人影はみあたらない。

蔵人介は控え部屋へ戻らず、そのまま三十畳《じょう》敷きの萩《はぎ》之御廊下に足を忍ばせ、公方が食事をとる御小座敷へ向かった。

入側《いりかわ》を渡って御小座敷の脇を擦りぬけ、どんつきを右手に曲がれば御渡《おわたり》廊下となる。方角としては真北へ延びる廊下だ。御渡廊下の深奥には上御錠口《かみのおじょうぐち》があり、分厚い胴板に遮られた向こうは男子禁制の大奥にほかならない。

闇の奥に、ぽっと灯りが点った。

見廻りだ。

廊下の見廻りは主に小姓の役目なので、鼻の利く御広敷《おひろしき》の伊賀者ほど警戒する必要はない。脇の納戸に隠れ、息を殺してやり過ごす。灯りが遠ざかったのを確認し、ふたたび、廊下を進みはじめた。

めざす楓《かえで》之間は上御錠口の手前にある。

楓之間の奥には双飛亭《そうひてい》という茶室があるので、公方も頻繁に足を向けるところだ。

蔵人介は音を起《た》てずに襖を開け、部屋の内へ忍びこんだ。

漆黒の闇を摑むように進み、床の間を探りあてる。

掛け軸の端に垂れさがった紐《ひも》を引くと、芝居仕掛けのがんどう返しさながら正面の壁がひっくり返った。

「来おったな」

隠し部屋の住人が、鼻にずり下がった丸眼鏡を指で持ちあげる。

橘右近は風采《ふうさい》のあがらぬ男にみえるが、職禄四千石の大身《たいしん》旗本だった。派閥の色に染まらず、御用商人から賄賂《まいない》も受けとらぬ。反骨漢《はんこつかん》にして清廉《せいれん》の士、中奥に据えられた重石《おもし》のごとき老臣は、本来ならば蔵人介が対座を憚《はばか》る雲上《うんじょう》の人物にほかならない。

「この部屋、蜘蛛《くも》の巣が張りそうじゃわい」

隠し部屋は四畳半の板の間で、一畳ぶんは公方直筆の書面や目安箱の訴状などを納めた黒塗りの御用簞笥《ごようだんす》で占められている。低い位置に小窓があり、壺庭《つぼにわ》には紫陽花なども垣間《かいま》見えるものの、とにかく狭い。

橘が「御用之間」と呼ぶとおり、歴代の将軍たちが誰にも邪魔されずに政務にあたってきた部屋だ。もっとも、大御所の家斉は五十年ものあいだ将軍の座にあったが、ただの一度も忍んだことがない。

「新しい上様もご同様でな、隠し部屋のあることすらご存じないようじゃ」

それを密かに告げるのが近習を束ねる御小姓組番頭の役目であろうと、文句を言いたくなったが、蔵人介は口にも顔にも出さなかった。

「越前守さま襲撃の場に居合わせたらしいな。ふっ、おぬしという男は、いつもそうした巡《めぐ》りあわせじゃ」

「そのようにござります」

「目付が動いておると聞いたが、鳥居耀蔵には会ったか」

「は、おそらくは」

「何じゃ、その奥歯に物の挟まったような言いまわしは」

「頭巾をかぶっておいでででした。何やら、下手人に関わりの深い者を捜しておられたご様子で」

「くふふ、出役《でやく》に頭巾とはあの者らしいの。儒学《じゅがく》を修めた家の生まれゆえ、蘭学に関わる輩とみれば目の仇にしよる。頭が固いようにみえて機をみるに敏《びん》な男での、越前守さまの汚れ役を一手に引きうけ、今や飛ぶ鳥をも落とすほどの勢いじゃ。好き嫌いで言えば後者じゃが、政事《まつりごと》にはああした輩も必要なのさ」

橘も鳥居の人となりを評価していない。

蔵人介は溜息を吐きたくなった。

義弟の市之進は鳥居の配下にあって、必死に手柄を立てようとしている。岩間の脈を調べさせたときは機転を利かせて味方についたが、これからさきのことを考えると心配になった。

「ところで、わしに何を聞きたい」

「は、申しわけございませぬ。小十人頭の仙波久秀さまについて、お聞きしたいことがございます」

「ふっ、なるほど。仙波に目をつけたか」

「仙波さまは昨年の暮れまで甲府勤番支配に就いておられました。通常であれば、同役は出世の足掛かりとなったはず」

「にもかかわらず、小十人頭に降格された。その理由が知りたいと申すのか」

「御意」

「原因は暮れの評定にある」

橘はしかつめらしい顔で説きはじめた。

評定では、甲州金を廃止するか否かがはなしあわれたという。

「いつもどおり、弁の立つ越前守さまの独擅場《どくせんじょう》でな、評定は甲州金を廃止する方向にかたむいた。そこに、水を差したのが仙波じゃ。越前守さまにたいして、仙波はあからさまに媚《こ》びへつらっておったが、調子に乗って『廃止した甲州金を甲府勤番支配の権限で没収し、すべて溶かして幕府の御金蔵《ごきんぞう》に納めてはどうか』と、さも妙案のごとく発したのじゃ。わしも末席におってな、正直、耳を疑ったわい。甲州の人々から金をごっそり盗みとるようなはなしじゃからな。甲州の領民たちが聞けば怒り心頭《しんとう》に発するのは目にみえておった。幕領の甲斐一国丸ごと、沸騰したような騒ぎになるのは必定《ひつじょう》じゃ。案の定、越前守さまは一喝《いっかつ》なされた。『たわけ、出ていけ』と面罵《めんば》し、仙波は満座《まんざ》に生き恥を晒したのさ。わしに言わせれば、小十人頭への降格で済んだのは奇蹟じゃ。越前守さまの温情に感謝すべきであろう」

事の次第が鮮やかな輪郭を帯びてきたように感じられた。

「ほっ、そうか」

橘も察したようだ。

「なるほど、黒幕は仙波久秀であったか。莫迦め、満座で罵倒されたことを逆恨みにおもい、越前守さまのお命を狙わせたのじゃ」

それが老中謀殺を企てた理由だとすれば、尻を掻かれて討ち死にした者の忠義はどうなる。矢代田平内の死は、まさに犬死にではないかと叫びたくなった。

「おぬし、そんなことを聞いてどうする」

橘に水を向けられ、蔵人介はわれに返った。

矢代田の願いに、こたえてやらねばなるまい。

「仙波久秀を成敗せねばなりませぬ」

正直にこたえると、橘は首を捻った。

「ほう、なにゆえじゃ」

「約束いたしました」

「誰と」

「大義を果たせずに散った幕臣でござる」

「矢代田某《ぼう》とか抜かす甲州勤番のことか」

「御意《ぎょい》」

「笑止《しょうし》な。ご老中を謀殺せんとした罪人の肩を持つのか。だとすれば、黙って見過ごすわけにはいかぬぞ」

「罪人ではござりませぬ。矢代田平内は誰よりも忠義に篤《あつ》い幕臣にござる」

口をへの字に曲げて訴えると、橘は「もう用事は済んだ」とでも告げるように手を振った。

蔵人介は深々と頭をさげ、隠し部屋を後にした。

十三

三日後、早朝。

雨音に混じって、御納戸町に面打ちの鑿音《のみおと》が「かつ、かつ」と響いていた。

蔵人介の嗜《たしな》みは、時折こうして面を打つことにある。

おのれの心象《しんしょう》を写しだすかのように木曾《きそ》檜《ひのき》を削り、寝ることも忘れて一心不乱に面を彫りつづけるのだ。能《のう》面よりも一風変わった狂言《きょうげん》面を好み、狂言面のなかでも鬼畜や鳥獣狐狸《ちょうじゅうこり》のたぐいを好んで打つ。

かつては、人をひとり斬るたびに面を打った。

斬らねばならぬ理由も告げられず、相手の素姓もしかとはわからぬ。ただ、悪人であることを信じて暗殺御用にいそしんでいたころ、罪の意識を消しさるべく、経《きよう》を念誦《ねんじゅ》しながら鑿の一打一打に慚愧《ざんき》の念を込めた。

面はおのが分身、心に潜む悪鬼の乗りうつった憑代《よりしろ》だ。

面打ちは殺めたものたちへの追善供養《ついぜんくよう》であり、罪業《ざいごう》を浄化《じょうか》して心の静謐《せいひつ》をとりもどすための儀式にほかならなかった。

面打ちのときだけは、家の者も放っておいてくれる。

ふと、気づいてみれば午ノ刻《うまこく》に近く、志乃も幸恵も鐵太郎もどこかへ出掛けたあとだった。

蔵人介は閻魔《えんま》顔を象《かたど》った狂言面をこしらえつつある。

眦《まなじり》の垂れた大きな眸子《まなこ》に食いしばった口、魁偉《かいい》にして滑稽な武悪《ぶあく》面のことだ。

荒削りと鑢《やすり》かけを終え、面の表には膠《にかわ》で溶かした胡粉《ごふん》を塗り、裏には漆《うるし》を塗って艶《つや》を出す。

仕上げに「侏儒《しゅじゅ》」という号を焼きつけた。

侏儒とは取るに足らぬもの、おのれを戒める呼称だ。

「できた」

顔に面をつけ、閉めきった襖を開けて庭へ出た。

「うえっ」

ちょうどやってきた市之進が仰天《ぎょうてん》する。

面を外し、蔵人介はにっこり微笑んだ。

「よう来たな」

「義兄上、驚かすのはおやめくだされ」

蔵人介は大小を腰に差し、あらかじめ用意していた草履を履く。

ふたりは連れだって屋敷を出た。

浄瑠璃坂《じょうるりざか》を下って牛込《うしごめ》方面へ向かう。

牛込御門で神田川を渡ってからは、駿河台をめざして土手道を進んだ。

雨はあがり、湿気をふくんだ川風が裾にからみついてくる。

肩を並べて歩く市之進が、不安げな顔を向けてきた。

「義兄上、このさきは駿河台でござる。どこへ行かれるのですか」

「どこに行くとおもう」

「さあ」

「淡路《あわじ》坂だ」

「なにゆえ、淡路坂へ」

「頼まれたことを果たさねばならぬ」

蔵人介は足を止め、懐中から武悪面を取りだした。

「もしや、どこぞの悪党を成敗なさるおつもりか」

「さよう。おぬしには見届け人になってもらう」

「見届け人」

「ああ」

蔵人介は武悪面を仕舞い、市之進に別の面を手渡す。

「拙者は、また猿ですか」

「不服か」

「ええ、大いに」

「我慢しろ」

蔵人介が歩きはじめると、市之進は縋《すが》りついてきた。

「いったい、誰の首を狙うのです」

「小十人頭、仙波久秀よ」

「お待ちを。わたしには、さっぱりわかりませぬ。先日の岩間忠兵衛の件といい、義兄上は何を考えておられる。そもそも、誰に頼まれて仙波さまを討とうとなさるのです」

「誰に頼まれたか。それはな、越前守のお命を狙った男だ」

「げっ、矢代田平内」

「矢代田はいまわに、わしの襟首を掴んで言った。『頼む』とな。その意味をずっとはかりかねておったが、ようやくわかった。矢代田平内の死が犬死にでなかったことを、この手で証明してやらねばならぬ」

「益々《ますます》もってわかりませぬ。なにゆえ、仙波さまを討たねばならぬのですか」

「矢代田の尻を掻いたからよ。おぬしとて、疑っておったであろうが」

「臭いとはおもいましたが、尻を掻く明確な理由がわかりませぬ」

「評定の席で面罵され、満座で生き恥を晒したのだ」

橘に聞いた内容をかいつまんで説いてやると、一本気《いっぽんぎ》な市之進は顔を怒りで染めあげた。

「くっ、許せぬ」

私怨から発したことであったにもかかわらず、矢代田は甲州金の廃止を阻むためだと嘘を吐かれた。老中謀殺が大義であるかのように信じこまされたのだ。

「信じた矢代田が浅はかだったのかもしれぬ。されど、大義に殉《じゅん》じた者の覚悟を軽く扱ってはならぬ。矢代田は妻に文を遺した。なぜだかわかるか。自分のやろうとしていることに一抹《いちまつ》の疑いを抱いたからさ」

矢代田には逡巡《しゅんじゅん》があった。仙波久秀の裏切りを予期していたのやもしれぬ。いまわに発した『頼む』という訴えは、事の真相を見極めてほしいという痛切な願いなのだ。

「わしには、そうおもえてならぬ」

「義兄上の仰るとおりかもしれませぬ」

「目付なら目を瞑《つむ》りたいような真相さ。なにせ、相手は家禄と職禄を合わせて五千石を超える名門旗本だ。下手に突っつけば、突っついたほうも無事では済まぬ。鳥居さまなれば、どうされたであろうな」

真相を知りながらも、静観をきめこむのではあるまいか。

市之進も同様に感じたのか、ひとことも発しない。

「小十人頭と刺しちがえても益が少ないのは、鳥居さまなればご承知のはず。幕臣の不徳不正を正す目付が動かぬなら、鬼役のわしがやらずばなるまい」

いつのまにか、ふたりは淡路坂の坂上までやってきた。

三日つづいた雨のせいで、神田川は水嵩《みずかさ》を増している。

滔々《とうとう》と流れる川を背にして、太田姫稲荷《おおたひめいなり》の鳥居がみえた。「太田」という名称は、疱瘡《ほうそう》を患った太田道灌《どうかん》の娘のために道灌が稲荷に祈願して快癒《かいゆ》したことに由来する。地の者は「一口稲荷《いもあらい》」とも呼び、淡路坂にも「一口坂」なる別名がつけられていた。

「生きすぎて七十五年喰ひつぶす　かぎり知らぬ天地《あめつち》の恩」

蔵人介の口を衝《つ》いて出たのは、十五年ほどまえにこのあたりで亡くなった大田南《おおたなん》畝《ぽ》の辞世だった。大田南畝は御家人の家に生まれ、幕府の学問吟味で首席となり、勘定所《かんじょうしょ》の支配勘定まで出世した。世の中を斜めにみる狂歌《きょうか》師としても知られ、寛政の改革に際しては「世の中に蚊ほどうるさきものはなし　ぶんぶといひて夜もねられず」などと詠《よ》んで世間の喝采《かっさい》を浴びた。

同じ御家人出の蔵人介にとって、その飄然《ひょうぜん》とした生き方に憧れを抱かされた人物でもある。

神社の鳥居から、串部がのっそりあらわれた。

後ろには、岩間忠兵衛をしたがえている。

「殿、遅うございますぞ」

「すまぬな。武悪を仕上げるのに、ちと手間取った」

「仕上がりましたか」

「ほれ、このとおり」

面を披露すると、岩間が「ほう」と感嘆の溜息を吐いた。

「これはすばらしい。見事なできばえでござる」

「つけてごらんなされ」

「よろしいのか」

「ええ」

岩間は武悪面をつけ、呵々《かか》と大笑《たいしょう》する。

「これは愉快。何やら強うなった気がする」

「羨ましいな」

市之進は猿面をつけた。

「拙者はこれでござる」

「ぬはっ、いつもの猿か。されば、拙者は」

串部は懐中から、狐面を取りだした。

口の尖った狂言狐も、蔵人介のこしらえたものだ。

「それから、もうひとつ」

串部が懐中から取りだしたのは、おかめの面であった。

「殿、難敵は早瀬玄蕃にござる」

同じ甲源一刀流を修めた岩間が、武悪面を外してうなずいた。

「たしかに、早瀬は手強《てごわ》い。胴斬りとみせかけて面打ちを狙《ねろ》うてくる。その逆もあり、どちらでくるか戸惑うた瞬間、やられてしまう」

「なれば、同じ手で幻惑《げんわく》させてやろうか」

蔵人介はうなずき、串部からおかめの面を受けとる。

「早瀬に引導《いんどう》を渡すのは武悪だ。岩間どのと拙者、さて、どちらが武悪面をつけるか」

「どっちにしろ、狐の出番はなさそうだな」

串部が口を尖らすと、市之進が軽口を叩いた。

「よいではありませぬか。淡路坂に人の臑《すね》が切り株のごとく並ぶ光景など、みたくもありませんからね」

四人は笑いながら、各々、武悪、おかめ、狐、猿となり、坂の上下に分かれて潜む。

狙う獲物は駕籠に揺られてくるはずだ。

鉛色の空を見上げると、冷たいものがぽつぽつと落ちてきた。

十四

駕籠が来た。

四人の陸尺に担がれ、雨の坂道を軽快にのぼってくる。

駕籠脇に従《つ》いた供人は四人、いずれも菅笠をかぶっており、三人は大小の柄袋を解いていない。

ひとりだけ柄袋の無い男が、早瀬玄蕃にまちがいなかった。

「それっ」

狐と猿が抜刀し、坂の上から駆けおりてくる。

「ぬわああ」

白刃と大声で威嚇《いかく》するや、陸尺どもは担ぎ棒をひっくり返し、先棒と後棒が逆さになった。

焦って坂をおりはじめたところで勢いがつき、後棒のふたりが転んでしまう。
どんと駕籠は尻を落とし、先棒のふたりも尻餅をついた。
三人の供人はうろたえ、柄袋を外そうと必死になる。
みな、坂上のほうを向いていた。
だが、坂下からも殺気が迫っている。
武悪とおかめだ。
「退《ど》け。命が惜しくば坂下へ逃げよ」
白刃を抜いて翳《かざ》すと、三人の供人は道端に退いた。
さらに近づいて威嚇するや、着物の裾を摑んで駆けおりていく。
坂の中途に残されたのは、早瀬玄蕃と仙波久秀のふたりだ。
仙波は駕籠のなかで息を殺している。
兎《うさぎ》のように怯《おび》えているのだろう。
武悪とおかめはうなずきあい、武悪だけが早瀬との間合いを詰めていく。
「何者じゃ。面を外せ」
早瀬が怒鳴った。
「それはできぬ相談だ」

くぐもった声が雨音に溶ける。

面は表情を変えられぬのに、笑っているかにみえた。

「小十人頭さまと知っての狼藉《ろうぜき》か」

「さよう。討たれる理由は、おのれらの胸に聞いてみよ。上役の私怨を晴らすために犬死にせし者の恨み、老中謀殺を大義のためと信じて散った者の無念、ここに晴らさでおくべきか」

「わかったぞ。おぬし、岩間忠兵衛だな。御目付の眼前で斬られたと聞いたが、どうやら、聞き違いであったらしい」

「やはり、おぬしが目付にたれこんだのか」

「災いの芽は摘《つ》んでおく。それがわしの処世術《しょせいじゅつ》でな。岩間忠兵衛よ、二年前、おぬしは甲府城内の御前試合で矢代田平内に敗れた。おぼえておるぞ、あのときの太刀筋。教えてやろう。わしはおぬしが去ったあと、矢代田と大広間縁で立ちあったのだ。仙波さまに命じられてなあ」

立ちあう条件がひとつあった。負けたほうが勝ったほうに忠誠を誓うというものだ。

「ふっ、勝ったのはわしだ。ゆえに、あやつはわしの……いや、仙波さまの命に逆らうことができなかった」

駆け駕籠を襲ったのも自分との勝負に負けたためだと、早瀬は言いたげだった。

「それはちがう。矢代田平内は越前守さまの愚策に憤りを抱き、大義に殉じる覚悟で無謀に奔ったのだ」

「どうとでもおもえ。地獄で吠え面をかけばよい」

早瀬は刀を抜きはなった。

武悪も抜刀し、下段の青眼《せいがん》に構える。

「まいる」

坂下から駆けだした。

早瀬は位置取りの優位さを利用し、刀を上段に振りかぶる。

両者の間合いが三間《けん》に近づいた。

「はおっ」

武悪は片手持ちに変え、青眼から突きあげる。

早瀬は刀を車《しゃ》に落とし、斜め上方に薙《な》ぎはらった。

――きいん。

武悪の刀が宙に飛んだ。

「莫迦め、わしにかなうとおもうたか」

上段から面打ちがくる。

咄嗟に避けたものの、武悪面のまんなかに亀裂が走った。

と同時に、早瀬が驚いたような顔をする。

「ぬへっ」

知らぬ間に、下腹が深々と裂かれていたのだ。

武悪面はふたつに割れ、蔵人介の顔があらわれた。

手には八寸の仕込み刃を握っている。

切っ先からは早瀬の血が滴《したた》っていた。

「抜かったな」

初太刀で宙に飛ばされたのは、長柄刀の本身だった。

目釘が弾け、柄の一部が手に残されたのを、早瀬は見逃したのだ。

蔵人介の動きは、それほどに素早かった。

だが、命を縮めた最大の要因は、武悪を岩間忠兵衛とおもいこんだ早瀬の慢心にほかならない。

「……お、おぬしは、誰だ」

「地獄の鬼よ」

「……ぢ、地獄の鬼」

かっと血のかたまりを吐き、早瀬は顔から落ちていく。

「ひぇっ」

前方の駕籠から、仙波久秀とおぼしき男が間抜け顔を突きだした。

「逃さぬぞ」

蔵人介の背後から、おかめの面をつけた岩間忠兵衛が猛然と迫る。

わずかのためらいもみせず、抜いた刀を横薙ぎに払った。

「ひょっ」

悪党の首が宙に飛ぶ。

田宮流張りの飛ばし首であった。

仙波の首は地べたに落ち、坂道を転がりはじめる。

「地獄の底まで転がっていけ」

岩間が叫んだ。

おかめの笑い顔がどうしたわけか、泣いているようにみえる。

淡路坂はことによると、明日から「転がり首の坂」とでも呼ばれかねない。

罰当たりなことをしたと悔いながら、蔵人介は太田姫稲荷に手を合わせた。

ふたつの屍骸を置き捨て、四人は足早にその場を去った。

雨に打たれた坂道には、武悪面の片割れが残されていた。

十五

それからときをおかず、日本橋の北詰めに一本の高札《こうさつ》が立った。

――幕閣老中は甲州金を廃せんと企てり　甲州人よ参集あれ　明朝巳《み》ノ上刻　ところは西御丸下
誰が立てたのかも判然としない。高札は偽物であった。

役人の手ですぐに撤去されたこともあり、高札のことを知らされた重臣たちは何事も起こらぬであろうと高《たか》をくくっていた。

ところが翌朝、西御丸下は目つきの鋭い浪人や町人たちで溢れかえった。

いずれも甲州に関わりのある者たちであることは言うまでもない。

参集する人の数は門番が制する限界を超え、減じる気配すらなかった。

さきほどから、雨が激しく降りつづいている。

蔵人介は内桜田御門の庇下に立ち、ずぶ濡れのままじっと佇む者たちの無言の抵抗を眺めていた。

「偽高札を立てたのは誰なんでしょうね。まことに迷惑なはなしでござります」

門番の仁志庄左衛門が呑気《のんき》な声で尋ねてくる。

「さあな」

蔵人介は満足そうに応じた。

ほかでもない、偽高札を立てた張本人なのだ。

甲州金の廃止を撤回させるにはどうしたらよいか。

考えあぐねたすえに、頭に浮かんだ奇策であった。

甲州人は結束が固く、江戸でも横の繋がりを保っている。

教えてくれたのは曽根房五郎で、曽根は金山衆の繋がりから大勢の同郷人《どうきょうじん》に声を掛けた。

仙波の死に不満を漏らした橘右近も、それとなく知恵を授けてくれた。

「越前守は存外に世情の動向を気に掛ける」

そうした助言もあり、蔵人介は奇策に打ってでた。

人が集まるかどうかは、正直、見当もつかなかった。

ところが、蓋《ふた》を開けてみれば、これだけの人が集まった。

甲州人にとって甲州金を守ることは、みずからの誇りを守ることと同じであったにちがいない。誰もがみな罰せられる危うさを承知のうえで、幕府相手に沈黙の抵抗をこころみているのだ。

気高《けだか》い志を携えた者たちにたいし、蔵人介は頭を垂れたくなった。

参集した者たちのなかには、岩間忠兵衛や濃、曽根房五郎や吉の顔もある。

想像を遥かに超えた光景に、四人とも激しく心を揺さぶられていることだろう。

やはり、矢代田平内の死は犬死にではなかった。

すべては大義に殉じた矢代田によって導かれたのだ。

「あっぱれ、矢代田平内」

蔵人介は雨空に顔を向け、雄叫びをあげたくなった。

――どん、どん、どん。

西ノ丸太鼓櫓から登城を促す太鼓の音色が響いてくる。

厳《いか》めしい正門が開き、水野越前守の役宅から網代駕籠の担ぎ棒が角のように突きだされた。

「それい」

供人の合図で、駕籠が威勢良く駆けだす。

泥を撥ねとばし、内桜田御門へ猛進してくる。

山と化した甲州人たちは、微動だにしない。

ただ、鋭い無数の眼光を駕籠に浴びせかけた。

駕籠の主は生きた心地《ここち》がしなかったにちがいない。

この日を境に、評定で甲州金の廃止が叫ばれることはなかった。

さらに数日後、蔵人介は鐵太郎を連れ、雉子町の『藪栄』までやってきた。

梅雨の晴れ間で江戸は朝から蒸し風呂に抛りこまれたようになり、鐵太郎は干涸《ひか》らびた唇《くち》もとを何度も舐めている。

蕎麦屋に足を踏みいれると、待ちあわせをしていたわけでもないのに、旅装姿の岩間忠兵衛と娘の濃がいた。曽根房五郎と吉のすがたもある。

「やあ、これは矢背さま」

岩間は邂逅《かいこう》を予期していたかのように、満面に笑みを浮かべてみせた。

蔵人介も笑顔で応じる。

「ここに来れば逢えるかもしれぬとおもうてな」

「きちんとご挨拶せねばならぬところ、事情《わけ》あってできませなんだ」

「よいさ。目付にみつかっても困るしな。向こうでほとぼりをさましたら、また江戸へ戻ってこられるがよい」

「お約束はできませぬ」

「鐵太郎ともども、いつまでも待っておるぞ。町道場を再開するなら、御納戸町のそばにしてもらいたいものだ」

「あはは、江戸にひとり門弟ができましたな」

「こんどこそ、しっかり指南してもらわねばならぬ」

「承知いたしました。濃もそのころまでには、鐵太郎どのと手合わせできるほどに上達しておりましょう」

鐵太郎は名を出されただけで、ぽっと顔を赤く染める。

その様子を、濃は淋しげにみつめていた。

みなで十割蕎麦を啜っていると、串部と市之進も暖簾《のれん》を振りわけて踏みこんできた。

「外はかんかん照りですぞ。梅雨が明けたのかもしれませぬ」

揉みあげを反りかえらせた串部が、流れる汗を拭って叫ぶ。

辻向こうからは、心太《ところてん》屋の売り声が響いてきた。

——ところてんやあ、かんてんやあ。

甲州の梅雨明けも、江戸とそうかわりはなかろう。

今宵は大川《おおかわ》に涼み船を浮かべ、冷や酒でも楽しもうか。

蔵人介は納涼の肴に『藪栄』の蕎麦を買っていこうと決めた。

八王子千人同心《はちおうじせんにんどうしん》の誇り

一

水無月《みなづき》、湯島天神《ゆしまてんじん》下。

耳鳴りかとおもいきや、聞こえていたのは蟬時雨《せみしぐれ》だった。

暑い。

鉄板の上でじりじりと焼かれているかのようだ。

道端に咲く百日紅《さるすべり》が紅《べに》をさした安女郎《やすじよろう》にみえる。

「いかんな」

蔵人介は首を横に振った。

「どうかなされましたか」

幸恵が下から顔を覗きこんでくる。

「いや、何でもない」

暑すぎて頭のなかが妙な塩梅《あんばい》になってしまったのだと言っても、四角四面の徒目付の家に生まれ育ったしっかり者の女房には通じまい。

幸恵は丸髷《まるまげ》に柘植《つげ》の櫛《くし》と鼈甲《べっこう》の笄《こうがい》を挿《さ》し、薄紅地に宮城野萩《みやぎのはぎ》をあしらった絽《ろ》の小袖を艶《つや》っぽく着こなしている。一方、蔵人介は黒地に三枡紋《みますもん》の浴衣《ゆかた》を羽織った気軽な扮装《いでたち》だった。三枡紋は成田《なりた》屋の定紋《じょうもん》なので、丈の高い蔵人介はよく似合う。まさに荒事《あらごと》を演じる大立者《おおだてもの》といった風情だが、腋《わき》の下にはぐっしょり汗を搔いている。

嫌々《いやいや》ながらも幸恵に付きあい、鐵太郎の行く末を祈願すべく天神詣でにやってきたのだ。

「しんどいな」

急坂の石段を見上げただけで、頭がくらくらする。

「ひやっこいよ、ひやっこいよ」

冷水《ひやみず》売りの涼しげな売り声に振りむくと、旅装束の若い侍夫婦が困った様子で近づいてきた。

夫のほうが細面の親しみやすい顔を向けてくる。

「もし、お尋ねしても」

「ふむ、いかがなされた」

「湯島の昌平黌《しょうへいこう》へは、どうやって行けばよろしいのでしょうか」

「ああ、それなら、すぐそこだ」

ともに急坂を背にして少し歩き、同朋町《どうぼうちょう》のさきへ向かう。

昌平黌とは湯島聖堂のなかにある幕府の学問所のことだ。そもそもは儒学者の林羅山《はやしらざん》がつくった私塾であったが、五十年前の寛政の改革で幕府の直属となった。本好きで志のある侍ならば、直参、藩士、郷士《ごうし》の区別なく、すべての者に門戸が開かれている。江戸庶民のあいだでは「孔子《こうし》さまの学問を修める賢いお侍たちの集まるところ」として親しまれていた。

おそらく、道を尋ねた若侍も「賢いお侍」になるのだろう。

蔵人介は勝手に想像しながら、剣術よりも学問好きな鐵太郎のことをおもった。

「その辻を右手に曲がれば明神下に通じる大路だ。まっすぐ神田川をめざしたほうがわかりやすい。神田川にぶつかったら、土手道を右手に一丁ほど進めばよかろう」

指で行く先をしめしてやると、夫婦揃って嬉しそうにお辞儀をする。

「ご親切にありがとうございました」

「いやなに、たいしたことではない。ところで、どちらからお越しかな」

「八王子《はちおうじ》にございます」

「ほう、さようか。江戸は初めてのようだが、すぐに馴染《なじ》むであろう」

「温かいおことばをいただき、痛み入ります。それでは」

道を教えただけなのに、清々《すがすが》しい気分になった。

幸恵もにこやかに追いついてくる。

「初々《ういうい》しくて仲睦《むつ》まじいご夫婦ですね」

「ひょっとしたら、新所帯かもな」

そんな会話を交わしていると、辻向こうの大路から女の悲鳴が聞こえてきた。

若い侍夫婦が消えたあたりだ。

「すわっ」

蔵人介は裾を捲《まく》って駆けだす。

辻を右手に曲がった途端、ぎくっとして足を止めた。

雪華《せっか》紋の浴衣を纏った赭《あか》ら顔の月代侍《さかやき》が三尺に近い白刃を掲げ、通行人に向かって闇雲に振りまわしている。

「うわああ」

逃げまどう者たちのなかには、年寄りや女子供もあった。

月代侍はあきらかに酩酊《めいてい》している。

「乱酔者《らんすいもの》め」

間合いはまだ、かなり離れていた。

乱酔侍は年端《としは》もいかぬ幼子に斬りかかろうとする。

「待て」

蔵人介は駆けながら、声を張りあげた。

幼子は石仏と固まり、恐怖に縮みあがっている。

乱酔侍が刀を片手持ちに持ちあげた。

――ぶん。

幼子の頭上に白刃が振りおろされる。

「うあっ」

誰もが目を覆った。

刹那、横合いから人影が飛びだしてきた。

──ばすっ。
打飼《うちが》いが地べたに落ちる。
斬られたのは旅装束の侍だ。
幼子を庇《かば》った背中に、白刃が食いこんでいる。
「きゃあああ」
かたわらで悲鳴をあげたのは、市女笠《いちめがさ》を手にした若妻だった。
乱酔侍は眸子を吊ったまま踵《きびす》を返し、不忍池《しのばずのいけ》のほうへ一目散に逃げていく。
蔵人介は途中まで追いかけたが、あきらめざるを得なかった。
「くそっ、逃げ足の速いやつめ」
吐きすてるや、斬られた侍のそばに駆けよる。
不安は的中した。
道を尋ねてきたさきほどの若侍だ。
背中の傷口は骨がみえるほどの深傷《ふかで》で、手のほどこしようもない。
一方、若侍が命懸けで守った幼子は無事だった。
幼子の母親は地べたに座りこみ、必死に祈りつづけている。
「どうかご無事で、どうかご無事で……」

若妻は瀕死《ひんし》の夫に縋りつき、溢れでる血を懸命にふさごうとしていた。

後ろから、幸恵が心配そうに覗きこんでくる。

蔵人介は若妻に気づかれぬように、首を横に振った。

「隼人《はやと》さま、隼人さま」

夫は妻に名を呼ばれ、震える右手を持ちあげる。

「……せ、成事《せいじ》は説かず……す、遂事《すいじ》は諫《いさ》めず……」

「なに、なにが仰りたいの」

「……き、既往《きおう》は咎《とが》めず」

「隼人さま、しっかり、しっかりしてくださりませ」

妻が手を握ると、夫はわずかに微笑んでこときれた。

「うわあ、逝《い》かないで」

蔵人介には、若侍の言いたいことがわかった。

――成事は説かず、遂事は諫めず、既往は咎めず。

なされたことに文句は言わず、やってしまった失態は諫めず、過ぎたことを咎めてはならない。孔子の教えだ。

幸恵は慟哭《どうこく》する妻に身を寄せ、肩を抱きしめてやる。

妻はひと目もはばからず、幸恵の胸で狂ったように泣きじゃくった。

――松岡《まつおか》隼人。

それが、幼子の身代わりに斬られた若侍の名だ。

八王子千人同心《せんにんどうしん》の組頭をつとめる家の次男で、昌平黌へ招かれるほどの秀才であった。

若侍の素姓を知ったとき、蔵人介は怒りを新たにした。

雪華紋の浴衣を着た乱酔侍の顔は、はっきりと脳裏に刻まれている。

三角に吊った目の下に隈《くま》をつくり、灰色の頰は瘦《こ》け、闇から這いでてきた死に神のような顔をしていた。

月代は青々と剃《そ》っていたし、身なりも貧相《ひんそう》ではなかった。

何といっても、手にした反りの深い本身が業物《わざもの》の妖《あや》しい光を放っていた。

大身旗本の次男坊か三男坊か、いずれにしろ部屋住みの穀潰《ごくつぶ》しであろう。

年齢は二十代の後半か。

串部に調べさせれば、正体はすぐにわかる。

この手で無念を晴らしてやりたいと、蔵人介はおもった。

だが、勝手に動くわけにはいかない。

一番口惜しいのは妻であろうし、八王子の親兄弟にほかならないのだ。それともうひとつ、本人の口からいまわに漏れた「遺言」も無視できない。松岡隼人は慈悲《じひ》の心で、凶事をおこなった者を許してほしいと願ったのだ。命懸けで幼子を救った侍の聖人のごとき心根が、蔵人介の怒りを縛りつける。妻に「遺言」の意味を尋ねられたら、しっかりとこたえてやるべきか否か、蔵人介は迷っていた。

二

松岡隼人の遺体は町奉行所の検屍を経て、その日のうちに八王子へ移されることとなった。気丈《きじょう》な妻の清《きよ》が江戸で荼毘《だび》に付さず、生まれ故郷へ連れていきたいと主張したのだ。

蔵人介が小者《こもの》や大八車《だいはちぐるま》を手配してやり、従者の串部も随行させてやることにした。

内藤新宿《ないとうしんじゅく》から甲州街道をたどって八王子までは一日の道程だが、途中に日野渡《ひののわた》しもあるので、一日目の晩は府中《ふちゅう》あたりに宿を取らざるを得まい。遺体の腐敗がすすみそうで心配だったが、すぐさま骨にしたくない清の心情もわからんではなかった。

幸恵は清に同情し、溜息ばかり吐いている。

「ご遺体を運ばねばならぬ道中は、さぞかしお辛いことにござりましょう。わたしが清さまのお立場なれば、枕刀《まくらがたな》で喉を突いて果てるやもしれませぬ」

「おいおい、やめてくれ」

「それほど、おふたりは仲睦まじいご夫婦にみえました。清さまはほんとうは自分もいっしょに逝きたいのに、嫁としての責務を果たそうとしておられるのです。それにしても、惜しいお方を失ってしまいました。身を捨てて幼子を救った尊いおこないもさることながら、いまわにあれだけのことを仰るとは」

蔵人介は驚いたように問いかえす。

「おまえも聞いたのか」

「はい。この耳でしっかりと。成事は説かず、遂事は諫めず、既往は咎めず。孔子さまのお教えにござりましょう」

「ふむ。そのことばを遺言と受けとってしまえば、仇討《あだう》ちができぬようになるやもしれぬ」

「口惜しいお気持ちはわかります。わたしも乱酔侍が憎い。さりとて、お亡くなりになったご本人のご遺志をなおざりにするわけにもまいりませぬ」

「やはり、そうおもうか」

「はい。おそらく、清さまもそうおもわれたにちがいありませぬ」

「清どのは、いまわのことばを理解できたのだろうか」

「お尋ねにならなかったということは、理解なさったのでござりましょう」

なるほど、幸恵の言うとおりかもしれない。

清も夫の「遺言」に縛《しば》られているのだ。

蔵人介は宿直《とのい》で出仕しなければならず、幸恵との会話はそれで途切れた。

宿直の終わった翌日も朝から照り返しが強く、少し歩いただけでも袂に汗が滲むほどになった。

六尺棒を握った門番に虚《うつ》ろな眸子で見送られ、蔵人介は外桜田御門を潜りぬけた。

半蔵《はんぞう》御門に向かい、番町《ばんちょう》を斜めに突っきって、市ケ谷御門を抜ける。さらに、濠端をたどって左手の浄瑠璃坂へは曲がらず、濠端をまっすぐに進んで神楽《かぐら》坂をめざした。

坂上には実父叶《かのう》孫《まご》兵衛《べえ》が後妻のおようと営む『まんさく』がある。

こぢんまりとした小料理屋のことだ。

悩み事を抱えているときや、くさくさした気分のときは、いつも足が向いてしまう。

孫兵衛は忠義一徹の御家人で、ありもしない千代田城の天守を三十有余年も守りつづけた。妻を早くに亡くし、御家人長屋で幼い蔵人介を育ててくれた。そして、息子を旗本の養子にするという夢をかなえたのだ。

長いあいだ独《ひと》り寝の淋しさを味わっていたが、数年前、侍身分を捨てて惚れた女将の営む小料理屋の亭主におさまった。近頃は庖丁を握るすがたも堂《どう》に入《い》ったものになり、美人女将のおようとの息もぴったりにみえる。

蔵人介は坂の途中で横道に逸《そ》れ、櫟《くぬぎ》や小楢《こなら》が木陰をつくる甃《いしだたみ》の小径《こみち》を歩いた。

大小の武家屋敷が立ちならぶなか、まっすぐに進めば軽子《かるこ》坂へ抜ける。

四つ目垣に囲まれた戸を開け、瀟洒《しょうしゃ》な仕舞屋《しもたや》の敷居をまたいだ。

ちりんと、吊忍《つりしのぶ》が音を鳴らす。

「あら、おいでなされませ」

おようがにっこり笑って出迎えてくれた。

むかしは柳橋《やなぎばし》の芸者で鳴らしただけあって、肌の色艶は若々しい。

見世《みせ》の内は狭く、鰻《うなぎ》の寝床のようだった。が、女将と対座できる床几《しょうぎ》の配置が絶妙な居心地の良さを醸《かも》しだしている。

細長い床几の端には、赤い金魚の泳ぐびいどろ鉢が置いてあった。

びいどろ鉢越しに、俎板《まないた》に向かう孫兵衛の背中がみえる。

照れくさいのか、こちらから声を掛けるまで知らんぷりをしているのだ。

「父上、ごぶさたしております」

「おう」

孫兵衛は振りむき、皺《しわ》に目鼻を埋めるようにして笑う。

「そろそろ顔を出すころだとおもっておったわい」

「ほう、それはまたどうして」

「観音《かんのん》の辰《たつ》はおぼえておるか」

「神楽坂の岡っ引きでござりましょう」

「そうじゃ。あやつが湯島天神下の一件を教えてくれたのよ」

唐突《とうとつ》にはなしは途切れ、おようが酒肴を運んでくる。

「さあ、どうぞ」

出されたものは、銀杏《いちょう》切りにして塩を振った大根に、梅干し漬けに使った紫蘇《しそ》を刻んでまぶしたものだ。

「ほう、涼しげだな」

しゃりっとした噛みごたえを楽しみながら、下り物の冷や酒を呑む。

「灘《なだ》の生《き》一本《いっぽん》じゃ」

孫兵衛は鰹《かつお》の漬けを山かけに和え、深鉢でとんと出してくれた。

「わしにも一杯くれ」

「どうぞどうぞ」

床几を挟んで立つ父親の盃に、銚釐《ちろり》で冷や酒を注いでやる。

ふたりで呑みかわす酒は、何にも代えがたい美味さがあった。

「惨事に出会《でくわ》したのであろう」

「とんだ天神詣でになりました」

「幼子を救った若侍、八王子千人同心だったらしいの」

「組頭の次男で、昌平黌《しょうへいこう》におもむく途中の惨劇でした」

「ふうん、昌平黌に招かれるほど優秀じゃったわけか」

「いかにも、惜しい若者を亡くしてしまいました」

「八王子千人同心こそは侍の鑑《かがみ》じゃと、わしは常日頃からおもうておる。それだけに、こたびの惨事を耳にしたときは、腸《はらわた》が煮えくりかえるような怒りをおぼえずにおられんかった」

八王子千人同心は郷士身分の幕臣である。徳川家に庇護《ひご》された武田家の遺臣たちや地侍などで編成され、甲州街道と陣馬《じんば》街道の分岐点となる八王子に敷地が与えられた。発足時の任務は甲州口の守りであったが、四代将軍家綱《いえつな》の治世下からは日光《にっこう》東照宮《とうしょうぐう》を守る日光勤番が主な役目となった。

百人の配下を抱える組頭は孫兵衛と同じ御家人身分で、禄高は三十俵一人扶持とされている。一方、平役の同心たちは将軍家直参として禄米を頂戴していたが、平常は農耕に従事し、年貢《ねんぐ》もきちんと納めていた。無為徒食《むいとしょく》の幕臣や藩士と異なって生業《なりわい》を持っており、儒者などからも武士の鑑と賞賛されている。

およそがさりげなく酌をしてくれ、見世の定番となったちぎり蒟蒻の煮しめを運んできた。これに一味《いちみ》を振って食べつつ、蔵人介は溜息を吐く父親の皺顔をみつめる。

「もしや、父上は凶事を起こした乱酔侍の素姓をご存じなのですか」

「ああ、辰造に聞いた」

蔵人介は蒟蒻を呑みこみ、身を乗りだす。

「お教えください」

「待たぬか、今おもいだすゆえ。ん、そうじゃ。姓名はたしか、戸沢蓮四郎《とざわれんしろう》とか申したな。家禄七百石の小普請《こぶしん》じゃ。されど、これも運命《さだめ》の悪戯《いたずら》か、蓮四郎は分家旗本へ婿養子に出された次男坊でな、本家の姓は深町《ふかまち》じゃ」

「深町」

「深町弾正《だんじょう》、役高二千石の御槍《おやり》奉行さまよ」

「えっ」

蔵人介が驚いたのも無理はない。

御槍奉行は隠居寸前の大身旗本が就く名誉職で、課せられた唯一の役目は八王子千人同心の統轄《とうかつ》であった。

すなわち、松岡隼人は上役の実子に斬られたことになる。

「二千石と三十俵では月とすっぽんじゃ。さっそく、町奉行所に泣きがはいったようでの、戸沢蓮四郎の罪は不問に処せられるやもしれぬと聞いた」

「なにっ」

蔵人介はおもわず、握った杉箸を折ってしまう。

「父上、どうやったら不問にできるのでござるか」

「おいおい、高価な箸を折るでない」

「箸など、どうでもよろしい。十本でも二十本でも弁償いたします」

「まあ、落ちつけ。辰造は、戸沢蓮四郎の鞘が相手の鞘に触れたことにするのではないかと申しておる」

たがいに刀を抜き、尋常な勝負となって一方が命を落とした。

そうした筋書きなら、戸沢はたいした罪に問われずに済む。

「ならば、松岡隼人も刀を抜いたことにするのですか」

「しかも、さきに抜いたことにするのかもしれぬぞ」

「許せぬ」

「待て。まだ処分が決まったわけではない。それに、おぬしが熱くなっても仕方なかろう。君子《くんし》は危うきに近寄らず、という戒《いまし》めもあるぞ」

「ここで故事を持ちだされるのか」

きっと睨みつけると、孫兵衛は怯《ひる》んだ。

おようがすぐさま、盃に酒を注《そ》ごうとする。

蔵人介は気を殺がれ、不安げな女将の酌に応じた。

三

坂下の番屋で観音の辰を摑まえ、戸沢蓮四郎の屋敷まで案内させた。

行く先は御徒町《おかちまち》、下谷練塀小路《したやねりべいこうじ》が横道と交わる北東の角に、七百石にしては大きな旗本屋敷が鬼門のように建っている。

「さては、鬼門を破らんとする魔物にでも取り憑《つ》かれたか」

蓮四郎の狂気じみた顔をおもいだし、蔵人介はぼそっと漏らす。

案内役の辰造は聞きながし、屋敷のほうを指差した。

「お殿さま、あれをご覧くだせえ。何やら物々しい様子ですぜ」

正門のほうへまわると、槍を担いだ用人たちが通行人に睨みを利かせている。

「槍と言えば御槍奉行。あの連中、深町弾正さまの配下かもしれねえ」

幕府の組織からすれば、深町の配下は八王子千人同心たちであった。が、江戸にある深町屋敷で抱えているのは、八王子とは縁もゆかりもない者たちだ。

「まさかとはおもいやすが、ひょっとしたら千人同心の仇討ちを恐れているのかも。なにせ、千人の連中に襲われたら、旗本屋敷なんざひとたまりもありやせんからね。

ひょへへ」

冗談のつもりで言ったのだろうが、蔵人介は甲州口から一気呵成《いっきかせい》に攻めよせてくる剽悍《ひょうかん》な軍勢を脳裏に描いていた。

「ふっ、おもしろい」

天下泰平の世の中でそんなことは万にひとつも起こるはずはなかろうが、想像しただけでも武者震いを禁じ得ない光景だ。

ともあれ、槍を携えた連中の数は十人を超えている。

屋敷内にも眸子をぎらつかせた用人どもが蠢《うごめ》いていよう。

「あれでは挨拶できそうにないな」

「乱酔侍に挨拶なさるおつもりで」

「ふん、挨拶にもいろいろある」

相手が警戒していることがわかっただけでも、様子をみにきた甲斐はあった。

内心では蓮四郎の非を認めつつも、家をあげて穀潰《ごくつぶ》しの厄介者《やっかいもの》を守る気なのだ。

もっとも、戸沢家も本家の深町家も、そうするしか道はない。非を認めた途端、蓮四郎の命を差しだすことはおろか、家名断絶《かめいだんぜつ》の憂き目にさらされぬともかぎらない。

一族郎党《いちぞくろうとう》が集まり、それだけは避けねばならぬと合意したうえで結束をはかっているのだろう。

「戻るか」

その場から去りかけたところへ、声を掛けてくる町人があった。

豆絞《まめしぼ》りの手拭いを喧嘩かぶりにし、小脇に板木《はんぎ》を抱えている。

「へへ、辰造親分じゃござんせんか」

呼ばれて辰造は顔をしかめた。

「くそっ、うるせえ野郎に会っちまったぜ」

「のっけから、そりゃねえでしょうよ」

「あることねえこと、おもしろおかしく書きやがる。そいつがおめえら、読売《よみうり》だ。

寛太《かんた》よ、おれはおめえに情報《ネタ》を掠《かす》めとられ、何度も煮え湯を呑まされたんだぜ」

「見返りもちゃんとあったでやしょう。ところで、神楽坂の親分さんがどうしてまたこんなところへ。くく、わかっておりやすよ。湯島天神下の惨事をお調べなんでござんしょう」

寛太と呼ばれた読売は、ちらりと蔵人介のほうをみる。

「お旗本のお殿さまとお見受けいたしやす。あっしは極太《ごくぶと》の寛太っていうつまらねえ者で。へへ、じつは湯島天神下の一件を調べておりやしてね、ひょっとするとこいつはてえへんなことになるんじゃねえかと、あっしの勘が囁いているのでやすよ」

「こら、お殿さまに失礼じゃねえか」

辰造に叱りつけられても、寛太はへらへらしている。

「おめえなんぞがまともに口の利けるお方じゃねえんだぞ。こちらはな、公方さまのお毒味役であらせられる矢背蔵人介さまだ」

「げっ、鬼役」

寛太は一歩退く。

「何を恐《こわ》がっていやがる」

辰造に問われても、まともに応じられない。

「……い、いえ」

何か極秘の情報でも握っているのだろうか。

蔵人介は悪党どもを成敗した血腥《ちなまぐさ》い場面を想起したが、読売に尻尾《しっぽ》を摑まれるようなへまをしたおぼえはない。

「臑刈りがお得意のご用人を召しかかえておられませんか」

「串部のことか」

「まさに、そのお方でやす。いつぞやか目白台《めじろだい》の幽霊坂で、串部さまが辻強盗まがいの狼藉をはたらいた浪人どもの髷を刈っておしまいに。あっしはたまさかその場に出会《でくわ》しやしてね、切り株みてえに髷の並んだ異様な光景を目にいたしやした。おお、恐っ。そりゃもう、おもいだしただけでも両膝が震えてめえりやす。串部さまはみずから名乗られ、読売にしたら坂の名と同じにしてやるぞと。何のことかとおもったら、そこは幽霊坂でやしょう。幽霊は足がねえ。つまり、あっしは髷を刈られる。そいつがわかった途端、股間の布袋《ほてい》さまがきゅっと縮こまりやしたぜ」

立て板に水と喋る読売を止める手だてもない。

「ご参考までに、こいつをご覧くだせえ」

寛太は板木にその場で墨を塗り、半紙に一枚刷ってみせた。

極太の文字で「討つべき仇は上役の実子」とあり、湯島天神下でおこなわれた惨劇の一部始終が克明に綴られている。かなりの誇張はあったが、おおよその流れはまちがっていない。

だが、蔵人介は半紙を縦に裂いた。

「うえっ、ど、どうなさったので」

「討たれた側の事情も考慮せず、仇討ちを煽《あお》ってどうする」

「言っちゃ何でやすが、それが読売でござんす。煽って煽って煽りたおす。こいつはそれだけの情報なんでやすよ。穀潰しの乱酔者は御槍奉行の実子、そいつが背中をばっさり斬った相手が御槍奉行配下の八王子千人同心だった。そんなことは、ざらにもありやせんぜ」

寛太は屋敷のほうへ顎をしゃくり、ふたたび喋りだす。

「あの連中は必死になって罪を隠そうとするにきまってやがる。そいつを世間といっしょに暴きたて、仇討ちに持っていくのが読売の役目でさあ。あっしの頭にゃ、もう討ち入りの絵が浮かんでおりやす」

火事装束《かじしょうぞく》に身を固めた八王子千人同心たちが、御槍奉行の屋敷に討ち入るのだという。

「そうした雄壮《ゆうそう》な絵面《えづら》が読売になりゃ、世の中は拍手喝采を送りやしょう。なにせ、江戸者は忠臣蔵《ちゅうしんぐら》が三度の飯より好物でやすからね」

「忠臣蔵か」

寛太の先読みは、あながち的《まと》外れでもないかもしれない。

知らぬ間に煽られているのを悟り、蔵人介は苦笑した。

ただし、斬られた側の事情も知らずに先走ることには、やはり抵抗がある。

それに、松岡隼人の発した「遺言」も頭から離れなかった。

「寛太よ、板木を寄こせ」

「へっ、どうなさるので」

「処分する」

「と、とんでもねえ。板木はおいらの命なんだぜ」

寛太は板木を胸に抱いた。

「どうしても、渡さぬと申すか」

「意地でも渡しやせん」

「そうか。ならば、詮方あるまい」

蔵人介はすっと身を沈め、愛刀の国次を抜いた。

いや、抜いたところは目にみえない。

――びゅん。

刃音とともに、閃光が奔っただけだ。

寛太も辰造も、呆然と突っ立っている。

すでに、蔵人介は納刀していた。

「でへへ、お殿さま、何をなさったので」

寛太は両手で板木を突きだす。

その板木が、ぱかっとふたつになった。

「臑でなくてよかったな」

「うひぇっ」

足許に落ちた板木は、あきらかに刃物で断たれていた。

「辰造、参ろう」

蔵人介は裾をひるがえし、大股で歩きだす。

それでも、残ったふたりは一歩も動けない。

まるで、金縛りにあったかのようであった。

四

夕刻、串部が八王子から戻ってきた。

ひとりではなく、縦も横も大きな侍を連れている。

「拙者、松岡九郎左衛門《くろうざえもん》と申します。弟の隼人がひとかたならぬお世話をお掛けしました」

どうやら、兄らしい。

鬢《びん》を反りかえらせた風貌は仁王《におう》のようで、細面の弟とは似ても似つかず、年も十ほどは離れている印象だ。

串部が困ったように額を掻いた。

「松岡どのは葬儀の喪主であるにもかかわらず、一刻《いっこく》も早く御礼がしたいと早駆けに駆けてこられました」

「それは申し訳ないことを」

「何を仰る。偶然にもそこに居合わせただけの御仁にもかかわらず、矢背さまにはこれだけのことをしていただきました。感謝のしようもございませぬ。どうしてもこの気持ちだけはお伝えせねばとおもい、串部どのに無理を言ってお連れいただいたのでございます」

律儀《りちぎ》な男だ。それに、どことなく古武士《こぶし》の匂いを感じさせる。

悪くない。

合戦場《かっせんば》におもむいた経験はないが、合戦場で強者《つわもの》と対峙したときのような興奮をおぼえた。

「さ、とりあえずはなかへ。あいにく、家の者は留守にしておりましてな」

蔵人介は下男の吾助を呼び、遠慮する九郎左衛門の足を濯《すす》ぐように命じた。

そうしているあいだにも、女中頭《じょちゅうがしら》のおせきが簡単な酒肴の仕度をととのえてくれるはずだ。吾助とおせきは先代から仕えており、矢背家とともに歩んだ歴史は蔵人介よりずっと古く、志乃からも重宝《ちょうほう》がられている。

九郎左衛門は足を濯ぎ終え、こざっぱりした様子で中庭に面する客間にあらわれた。

庭は木々の緑に覆われ、向日葵《ひまわり》や合歓《ねむ》や百日紅などの花が今や盛りと咲いている。

九郎左衛門は下座に平伏するなり、表口で言ったことを繰りかえした。

そして、忌中《きちゅう》ゆえ酒肴は遠慮したいと申しでる。

「立派なお心懸けだ」

串部はすっかり心酔《しんすい》している様子で、九郎左衛門のことをしきりに自慢する。

「殿、松岡どのは槍を持たせたら千人同心随一と評されております」

「ほう」

八王子で「槍の九郎」と言えば、知らぬ者はいないらしい。

当の本人は顔を曇らせた。

英雄豪傑がたいていそうであるように、九郎左衛門も面と向かって褒められるのが苦手なのだ。

「わが松岡家にとって、弟の隼人は希望の星にござりました。拙者にとっても自慢の弟にござる。あやつは拙者とちがい、学問を得手《えて》としておりましたもので、ゆくゆくは諸葛孔明《しょかつこうめい》のごとき軍師になってほしいと、心密かに莫迦な夢を描いておりました」

九郎左衛門は、喋りながら涙ぐむ。

蔵人介は「鬼の目にも涙」ということばを想起しつつも、あまりに可哀想で貰い泣きしそうになった。

「されば、矢背さまにひとつだけお尋ねして、辞去《じきょ》させていただきとう存じます」

「あらたまって、何であろうか」

九郎左衛門が訪ねてきたのは、御礼だけが目途《もくと》ではなさそうだった。

「じつは、弟の嫁が江戸から戻ってからずっと、肝心なことを明かしてくれませぬ。隼人がいまわに何を言ったのか、矢背さまならご存じではないかとおもいまして」

「なぜ、わしが知っていると」

「そんな予感がいたしました」

九郎左衛門は鬢《びん》を震わせ、眼光鋭く睨みつける。

「隼人の遺言があるなら、お聞きしておかねばなりませぬ」

蔵人介も睨みかえす。

「聞いてどうなさる」

「どうするかは、はかりかねておりまする。ただ、すべてを知っておきたい。弟がどうやって死を遂げたのか、松岡家の家長として真実を知っておかねばなりませぬ」

「承知した」

蔵人介に拒む権利はない。

迷いを振りきり、隼人の発したことばを伝えた。

――成事は説かず、遂事は諫めず、既往は咎めず。

「孔子の教えにござりましょうか」

「さよう。おもうに、ご舎弟は仇を討ってくれるなと仰りたかったのであろう」

もしかしたら、兄の九郎左衛門を念頭におき、発せられたことばだったのかもしれない。

幕府の公認する仇討ちは、目下の者が目上の者を討つ場合にかぎられる。

たとえば、父は子の仇を討ってはならず、兄は弟の仇を討ってはならない。

すなわち、九郎左衛門が隼人の仇討ちにおよべば、逆縁として罰せられる。ただし、妻ならば仇討ちは認められた。清が「遺言」のことを九郎左衛門に伝えなかったのは、みずからの手で仇を討とうとおもっているからにちがいない。

「なるほど、隼人らしいことばだ」

九郎左衛門はひとりごち、悲しげに笑った。

「莫迦なやつ。いまわでも逝ったあとのことを案じおって」

「おそらく、清どのもお聞きになられたはずだ」

「しかと承りました。矢背さま、重ねて御礼を申しあげまする」

九郎左衛門は深々と頭を下げ、辞去しようとする。

「お待ちを」

蔵人介は呼びとめた。

「松岡どのの存念をお伺いしてもよろしいか」

「どうぞ」

「されば、お聞きしよう。ご舎弟の仇を討つおつもりか」

わずかな沈黙ののち、九郎左衛門はにっこり笑った。

「拙者には守らねばならぬものがござります」

「ん」

守るべきものとは、家名であろうか。

それとも、八王子千人同心としての矜持であろうか。

どちらを意味するかによって、おのずと別のこたえが導かれてくる。

「仇を討てば、逆縁の罪に問われますぞ」

わかりきったことを告げる自分が情けない。

蔵人介は仇の素姓を教えるべきかどうか迷った。

相手は千人同心を一番上で統轄する御槍奉行の実子なのだ。かりに、本懐《ほんかい》を遂げたにしても、九郎左衛門自身が切腹を申しつけられるばかりか、家名の断絶を命じられることにもなりかねない。

いずれにしろ、乱酔侍と刺しちがえるには、あまりにも惜しい男だ。

ここはひとつ任せてくれと言いかけ、蔵人介はことばを呑む。

差しでがましい申し出のように感じられたからだ。

九郎左衛門は胸を張り、朗々と述べた。

「矢背さま、まことに申し訳ござらぬが、拙者の胸の裡《うち》を今ここでお伝えするわけにはまいりませぬ。ただし、ひとつだけ申しあげられるとすれば、拙者は常日頃から、理不尽なことだけはけっして許すまいと、みずからに言いきかせております。たとい、相手が誰であろうとも、この身が滅び、家名が途絶えようとも、理不尽なことを為《な》さんとするやつばらは許さぬ。それが八王子千人同心というものにござります」

「たとい、相手が誰であろうともか」

「はい」

九郎左衛門の風圧を受け、さすがの蔵人介も動揺を隠しきれない。

かたわらに控える串部は何かを察したらしく、押し黙ってつぎのことばを待ちかまえている。

やはり、仇の素姓を伝えておかねばなるまい。

蔵人介は意を決し、重い口をひらいた。

「松岡どの、心してお聞き願いたい」

「は、何なりと」

「されば、お教えしよう。戸沢蓮四郎、それが乱酔侍の名だ。わしはその場にいて、一部始終をこの目でみた。ご舎弟は刀を抜かず、幼子を庇って背中を一刀のもとに断たれた。戸沢の行状《ぎょうじょう》なら、拙者は公の場でいくらでも証言できる。ただし、戸沢は婿養子でな、実父は御槍奉行の深町弾正さまだ」

串部は驚きの余り、眸子を剝いた。

一方、九郎左衛門は眉ひとつ動かさなかった。

五

戸沢蓮四郎の行状について、串部が詳しい内容を調べてきた。

「尋常ならざる厄介者にござりました」

岡場所や居酒屋での刃傷沙汰は数知れず、他人に迷惑ばかりを掛けてきた。いずれも泥酔したあげくに刀を振りまわすといったものだ。なかには腕を断たれた町人もあったらしいが、事はうやむやにされていた。

「些少《さしょう》の金で黙らされたか、実父の威光で脅しつけられたか。いずれにしろ、あした物狂いを野放しにしておいた公儀こそ責めを負うべきでござりましょう」

不良旗本を裁くのは町奉行ではなく、目付の役目だ。

市之進を呼びつけて糾すと、湯島天神下の一件については知っていた。ただし、戸沢本人の悪行については把握していなかった。

蔵人介は諫めるように問うた。

「役目怠慢ではないのか」

「そうは仰いますが、無役の小普請どもは暇に飽かして毎晩のように厄介事を起こしてくれます。ひとつひとつに対応しておったら、この身がいくつあっても足りませぬ」

「言い訳は聞きたくない。湯島天神下の一件はどなたが断を下すのだ」

「鳥居耀蔵さまにござります」

検屍をおこなった町方《まちかた》からあがってきた報告を配下の青柳監物が書面にし、鳥居が処分を定めたのち、若年寄にはかられることになるだろうと、市之進は淡々と段取りを説いた。

要するに、すべては書面で済まされることになる。よほどの関わりがないかぎり、目付がみずからの目と足を使い、事の経緯を検証することなどあり得ない。乱酔旗本の処分は机上で検証され、付帯事項があれば考慮されることになる。

蔵人介が事の経緯を告げると、市之進はさすがに考えこんだ。

「戸沢某の実家は御槍奉行の深町家と仰いましたな。一方、斬られて亡くなった者の家は八王子千人同心の組頭であった。なるほど、少々込みいったはなしになりそうですな」

「何を申す。事の善悪は、はっきりしておろう」

「すでに、深町家より何らかのはなしがはいっておりましょう」

「双方が刀を抜き、尋常の勝負をした。そのあげく、一方が命を落とした。まさか、そのような姑息《こそく》な筋書きを通すのではあるまいな」

「たとい、通したにしても鳥居さまに非はござりませぬ。二千石取りの御槍奉行を信じぬわけにはいきますまい。義兄上の仰ることが真実だとしても、いったん下された御沙汰を覆すことはできませぬ。公儀の沽券《こけん》にも関わってまいりますゆえ」

「斬られたほうは泣き寝入りを決めこめと、おぬしはそう申すのだな」

「ちがいますよ。心情としては許し難い相手でも、公に裁くのは難しいと申しておるのです」

そんなことはわかっている。杓子《しやくし》定規にわかりきったことを抜かす義弟が憎たらしいのだ。

「今の段階でこれこれしかじかと訴えても、鳥居さまはお取りあげになりますまい。いいえ、そもそも、町方の検分《けんぶん》にすら耳を貸されぬお方にござります。旗本御家人の犯した罪を裁くのは目付の役目、その領分は何人《なんぴと》も侵すべからずと、常日頃からお口に出しておられるほどで」

「おぬし、それでよいとおもうのか」

「良し悪しではございませぬ。公儀から禄米を頂戴しておるかぎり、上役に抗《あらが》うことはできませぬ。下は上の命にしたがう。それが幕府の組織というものにござりましょう。義兄上はそんなこともおわかりにならぬのか」

頭の固い義弟に叱責《しっせき》され、蔵人介は唇《くち》もとを噛んだ。

もはや、何を言っても無駄だ。別の方法を考えねばならぬ。

だが、良い知恵は浮かんでこない。

数日後、戸沢蓮四郎について耳を疑いたくなるような沙汰が下された。

――委細《いさい》御構《おかま》いなし。

蔵人介は我慢できず、市之進を介して鳥居耀蔵への面会を求めた。

義弟に預けた書面には「湯島天神下における一件につき、お仕置きに異議あり」としたためたが、鳥居からは黙殺されたうえに「面会無用」との返事が市之進から口頭でもたらされた。

公儀の裁許《さいきょ》に抗うとは無礼千万《ぶれいせんばん》なり。されど、こたびは格別のはからいで事を穏便におさめてやるゆえ、自重《じちょう》いたすようにといった内容だ。

「許せぬ」

怒りを抑えきれぬまま、蔵人介は出仕した。

御槍奉行の深町弾正にたいし、無謀にも直に疑義を訴えようとおもったのだ。

目指すは殿中表向きの菊之間《きくのま》。

笹之間からまっすぐ南に向かうと、奥御右筆《おくごゆうひつ》部屋や重臣たちの控える部屋にぶつかるので、御菓子部屋の脇から御納戸廊下に沿って遠回りすることにした。

菊之間の南入側というのが、二千石取りの布衣役である御槍奉行の殿中席だ。

南隣は白書院御連歌《ごれんが》之間、西側は雨落《あまおち》の向こうに松の廊下をのぞむこともできる。

城内でも格式の高い部屋が集まるところなので、そばにおもむくだけでも緊張を強いられた。

籬《まがき》に菊の襖絵が描かれた菊之間自体には、小大名を筆頭に大御番頭や御書院番頭や御小姓組番頭が控えている。ゆえに、橘右近も座しているはずだが、蔵人介からはみえない。

あくまでも目当ての相手は、縁頬に控えた四人いる御槍奉行のうちのひとりだ。

深町弾正は雪をかぶったような白髪に、猛禽《もうきん》のごとき鋭い目をしている。佐分利《さぶり》流の槍術を極め、槍の蒐集家《しゅうしゅうか》でもあり、御槍奉行のなかでは一番の古参だった。

蔵人介は縁頬からつづく茶所の隅に座り、じっと息を殺して待った。

下城の八ツ刻《やどき》（午後二時）に近くなれば、身分の高い順からひとりずつ、茶所のまえを通って大廊下へ向かう。

そのことを知っていたからだ。

城外ではなく城内を選んだのは、相手の表情を探るためであった。

まともに面談を申しこんでも、門前払いにされる公算が大きい。

となれば、こうした強引な手法を取るよりほかになかった。

しばらく石になったつもりで控え、重臣を何人もやり過ごした。

そのなかには橘右近のすがたもあったが、何食わぬ顔で通りすぎていった。

いよいよ御槍奉行の下城となり、白髪の深町弾正が威風堂々とやってきた。

蔵人介はすっと膝を滑らせ、相手に横向きの姿勢をみせたまま平伏した。

深町は気にも掛けず、通りすぎようとする。

「お待ちを。御槍奉行さま」

裾に縋る勢いで呼びかけると、深町は足を止めた。

「何用か」

慇懃《いんぎん》な物言いで尋ねられ、蔵人介は声を押し殺す。

「控え廊下にてご無礼つかまつりまする。拙者、膳奉行の矢背蔵人介にござります。湯島天神下の惨劇につき、お尋ね申しあげたき儀これあり」

「何じゃと」

深町の表情が強張った。

蔵人介は機を逃すまいと、たたみかける。

「拙者、斬殺の場におり、一部始終をこの目にいたしました。深町さまがお耳になされた内容とは、いささか相違があるようにおもわれまする。八王子千人同心組頭次男の松岡隼人は、幼子を庇って背中を一刀のもとに斬られました。かたや、凶行におよんだ旗本戸沢蓮四郎は乱酔の態《てい》にあり」

「黙れ。その件はすでに裁許済みじゃ。今さら何をほざいたところで、公儀の下したご沙汰はかえられまいぞ」

「ゆえにこうして、お願いにあがったのでござりまする。恐れながら深町さまには今一度、拙者の申しあげたことをお調べいただき、厳格なご対処をお願いしとう存じます。すなわち、ご実子に切腹をご命じになり、志なかばで逝った松岡隼人の実家には陳謝していただかねばなりませぬ。そうでなければ、ご配下の八王子千人同心たちにしめしがつきますまい」

「なにを……っ」

深町は鬼の形相になった。

怒髪天《どはつてん》を衝《つ》くとはこのことだ。

「笑止千万《せんばん》なり。千人同心ごときに頭を下げよと抜かすか」

「それが筋かと存じまする」

「黙れ、無礼者」

深町は扇子を抜きとり、蔵人介の頭に打ちおろす。

――ばきっ。

扇子が根元から折れた。

蔵人介の額が裂け、つっと血が滴《したた》る。

廊下を血で汚さぬように傷口を袖で押さえつけ、蔵人介は三白眼に睨みつけた。

「できぬと仰るのならば、深町さまの輝かしい経歴に傷が付くやもしれませぬぞ」

「何じゃと。鬼役づれが、この深町弾正を脅すのか。くうっ、許せぬ。城外なれば抜き打ちにしておるところじゃ」

「怒りは善悪の判断を曇らせまする。何卒、ご再考を」

「ふん、はなしにならん」

深町は悪態を吐き、廊下の床を踏みぬくほどの勢いで遠ざかった。

尋常ならざる気配を察したのか、ほかの御槍奉行たちは影もない。

音もなく立ち去る蔵人介には、明確にわかったことがひとつあった。

深町は事の真相を知っている。知っていながら目付筋に手をまわし、家名が傷つかぬように処理したのだ。

名誉と地位にしがみつくためならば、どんなことでもする。

実子のせいで配下が理不尽な死を遂げても、一顧《いっこ》だにしない。

ある程度の予想はついていたが、やはり、深町弾正は蔵人介がもっとも忌《い》み嫌う相手であった。

「向こうがそう出るなら、こっちにもやりようがある」

白洲で裁くことのできぬ相手を野放しにしておくほど、お人好しではない。

どのような方法を取るにしても、深町父子には正義の鉄鎚《てっつい》を下さねばならぬと、蔵人介はおもった。

六

帰路、蔵人介は考え事をしながら、浄瑠璃坂を登っていた。

元凶の戸沢蓮四郎は湯島天神下の一件以来、すがたをみせていない。

串部に様子を探らせていたが、下谷練塀小路の自邸から外へ出た形跡はなさそうだった。

夕暮れとはいえ、坂上の上方から射しこむ西陽は強い。

読売の寛太が言っていたことをおもいだす。

――煽って煽って煽りたおす。

それも公儀を動かす有効な一手かもしれない。

飢饉《ききん》の蔓延《まんえん》で城下町でも打ち毀《こわ》しなどが相次ぎ、幕閣のお偉方たちは世間の動向を軽視できなくなっている。

――雄壮な絵面が読売になりゃ、世の中は拍手喝采を送りやしょう。

討ち入りか。

今から百六十年以上前、この浄瑠璃坂でも五十人余りの侍たちが血みどろの闘いを演じた。

浄瑠璃坂の仇討ちである。

法要《ほうよう》の場での喧嘩に端を発した宇都宮《うつのみや》藩の重臣二家による争いが仇討ちに転じたもので、不公平な裁定に不服を唱えた一方の者たちが主人の仇を討つべく、坂上の鷹匠《たかじょう》屋敷に隠れた仇を襲った。仇は屋敷を逃れたものの、双方は浄瑠璃坂でふたたびまみえ、激しい斬りあいのすえに討手《うって》は本懐を遂げた。

本来ならば徒党を組んで仇討ちにおよんだ者は死罪となるところだが、雌伏《しふく》三年ののちに主人の仇を討った者たちのおこないは武士の鑑とされ、公儀により温情の沙汰が下された。

四十人以上の侍が火事装束に身を包み、寒い時節の明け方に火事を装って屋敷に討ち入った手管《てくだ》は、それから三十年後に吉良《きら》邸へ討ち入りした赤穂浪士《あこうろうし》が手本にしたとも伝えられている。

いつもは血腥《ちなまぐさ》さなど微塵《みじん》も感じないが、何の気無しに坂を登っていると、生温《なまぬる》い風に頬を撫でられることがあった。

逝った者たちの霊が「辛い、辛い」と訴えかけているのであろうか。

そんなふうに想像を膨《ふく》らませつつ、蔵人介は坂の途中で足を止めた。

振りむいても、登ってくる人影はない。

気のせいか。

ふたたび、背中を丸めて歩きだす。

と、そのとき。

突如、殺気が膨らんだ。

坂の頂点だ。

痩せてひょろ長い男が西陽を背にして立っている。

「うぬ」

蔵人介は目を皿のようにした。

何と、男の右手には千鳥十文字槍《ちどりじゅうもんじ》が握られているのだ。

柄は赤石目《あかしめ》仕上げ、槍の長さは一間《けん》を超えていよう。千鳥が羽をひろげたように交叉《こうさ》する白刃は、西陽に赤く光っている。

刺客であった。

「やはり、来おったか」

深町弾正に対峙したときから、覚悟はしていた。

「ぬわああ」

刺客は奇声を発し、急坂を転がるように駆けおりてくる。
鼻と口を黒い布で覆っているため、人相はわからない。
蔵人介は身構え、瞬時におのれの太刀筋を描いた。
槍の一撃を躱《かわ》し、抜き際の一刀で相手の出鼻を挫くのだ。
できれば、命は獲《と》らずにおきたい。刺客の正体を見極めるためだ。
ただし、中途半端な思惑が命獲りになる。
「ねやっ」
刺客は三間手前で跳ねとび、まっすぐに千鳥の嘴《くちばし》を突きだしてきた。
蔵人介はひょいと躱し、国次を抜くや、相手の首筋を狙って払う。
「何の」
躱された。
と同時に、はらりと布が落ち、相手の顔があらわになる。
猿のような皺顔だ。
――ぶん。
旋回した柄が撓《しな》りながら、頬桁《ほおげた》めがけて飛んでくる。
「くっ」

身を沈めたが、間に合わない。
――ずこっ。
側頭に激痛が走った。
頭ごと持っていかれたような痛みだ。
朦朧《もうろう》となりながらも、蔵人介は踏んばった。
倒れない。
刺客は立ち位置を逆転させ、急勾配の下から穂先を突きあげてくる。
「ぬりゃ……っ」
胸を反らせて躱すと、刺客は頭上で槍を二度三度と旋回させた。
見事な槍さばきだ。
十文字槍は癖があるので、素槍とちがって使いこなすのが難しい。
蔵人介は首を横に振り、薄れかけた意識を取りもどす。
柄を当てられた側頭に触れると、たんこぶができていた。
放っておけば、みっともないほど脹《ふく》れあがるにちがいない。
おそらく、これほどの打擲《ちょうちゃく》を受けたのは、修行中のころ以来のことだろう。
抜かったわ。

蔵人介は、なかば死を覚悟していた。

百舌鳥《もず》の贄刺《にえさし》のごとく、串刺しにされた自分を想像したのだ。

だが、刺客はたたみかけてこない。

じりっと後退し、穂先を青眼に構えて動かなくなった。

そのすがたは、冬ざれの野面《のづら》に佇む枯れ木にもみえる。

「鬼役め、噂どおりの技倆《ぎりょう》じゃ。わしの攻めを食いとめるとはな」

「食いとめてはおらぬ」

「いいや、ほれ」

刺客は自分の鬢に触れた。

ぱっくり開いた傷口から、血が流れている。

「凄まじい抜き技じゃ。おかげで打擲の一手がわずかに遅れた」

「おぬし、深町弾正に命じられたのか」

「ほかに誰がおる。金輪際《こんりんざい》、湯島天神下の一件に口を挟むな。挟めば、命の保証はできぬ」

「脅して終わりか。甘いな。今ここで逃がせば、二度と好機は訪れぬぞ」

「ふふ、ほざきおる。おぬしを生かしておく理由はな、徒目付に義弟がおるからよ。

下手に動かれると厄介だからな」

蔵人介は、ふっと笑う。

「存外に臆病な鼠《ねずみ》というわけか」

「何を」

「おぬしのことではない。深町弾正のことを申しておるのだ」

「わが殿を愚弄《ぐろう》したら許さぬぞ」

「わが殿と申したな。おぬし、深町家の用人か」

「ちがうわい。わしは深町家の守神《もりがみ》じゃ」

「ふうん、守神か。名を聞こう」

「戸沢白雲斎《はくうんさい》」

「ん、おぬし、戸沢蓮四郎の養父か」

「さよう。わしは逃げも隠れもせぬ。わが殿には素姓を悟られるなと命じられたがな、おぬしには隠す必要もなさそうじゃ。たがいに武術を極めた者同士、尋常の申し合いで決着をつけたくなった」

「それはありがたい。こちらに勝機を与えてくれるわけだな」

「まあ、そういうことだ。いずれ、おぬしとは白黒つけねばなるまい。はお……

っ」

戸沢白雲斎は槍を頭上で旋回させ、胸に渦巻《うずま》く怒りを発散させた。

「蓮四郎の命なんざ、わしはどうだってよいのじゃ。あやつが死ねば、家の体面を保てぬようになる。それだけは避けねばならぬのよ」

「おぬし、真実《まこと》を知っておるのだな」

「ふふ、嘘も吐きとおせば真実になる。おぬしも禄米取りなら、その程度のことはわかるであろう」

「いいや、わからぬ。体面にも守るべきものと捨てるべきものがある。嘘を貫きとおそうとすれば、天罰が下るだけのはなしだ」

「ふん、笑止な。これ以上はなしても埒《らち》は明きそうにない。さらばじゃ。つぎに逢ったときは容赦せぬ」

白雲斎は千鳥十文字槍を肩に担ぎ、つつつと坂道を駆けおりていく。

齢《よわい》は還暦に近いとみたが、目を瞠《みは》るほどの健脚ぶりだ。

からだの鍛錬を重ねているゆえ、あれだけの槍さばきができるのだろう。

芯から憎めぬ相手だが、酒を酌み交わせぬ相手であることはまちがいない。

「ふうむ」

蔵人介は唸った。

たんこぶは肥大しつつある。

難敵の出現に臆している自分が情けなかった。

七

どうも槍はやりにくいなどと、駄洒落《だじゃれ》を漏らしている場合ではない。

戸沢白雲斎の槍を躱すのは難しく、何らかの策を練る必要があった。

翌朝、濡れ縁に座って躱し方をあれこれ考えていると、幸恵がめずらしく冷たい麦茶を持ってきてくれた。

「これをご覧くださいな」

嬉しそうに差しだしたのは、刷られたばかりの読売だ。

――八王子千人同心の無念、世の理不尽を許すまじ。

極太で綴られた文字には、みおぼえがある。

「ひょっとして、これは寛太とか抜かす読売が刷ったものか」

「ええ、そのとおりにござります」

内容の前半は湯島天神下の一件で、蔵人介の目にした一部始終がほぼ正確に綴られている。さらに後半では、公儀の不公平な裁定が大きく取りあげられていた。仇討ちを煽るのではなく、理不尽な仕打ちに昂然《こうぜん》と抗うべしといった檄文《げきぶん》に近い。

「これは発禁物《はっきんもの》だな」

「さようにございます。それゆえ、板元の名は記さずにおくのだと、寛太どのは仰いました」

「おぬし、寛太に会ったのか」

「向こうから訪ねてこられたのですよ」

幸恵が惨事の経過をはなしてやると、寛太は正直な存念を聞いてきた。

「わたくし、言ってやりました。世の理不尽は許すまじと。そうしたら、胸に渦巻く怒りをそのまま文字にしていただきたいと、寛太どのは三和土《たたき》に額《ぬか》ずいて頼まれました。詮方なく、筆を取りましたの」

「待たぬか。すると、この原文は」

「はい。一字一句手直しもなく、わたくしがすべて書いたものにございます」

得意気に胸を張る幸恵を「浅はかなやつ」と詰《なじ》るのだけは我慢した。

「公儀にみつかれば、たいへんなことになるぞ」

「みつかりませぬよ」

「いいや、読売ほど信用できぬものはない。寛太が捕まれば、おぬしの名を吐くにきまっておる。そうなれば」

「そうなれば」

探るような目でみつめられ、蔵人介はぷっと小鼻を膨らませた。

「家長のわしは切腹の沙汰を受け、矢背家は断絶の憂き目に遭うやもしれぬ。そもそも養母上に相談もせずに、やって良いことと悪いことがあろう」

「存外に頭の固いことを仰いますね。わたくしを庇おうともせず、家のことばかりお考えのご様子。いささか、がっかりいたしました。義母上はご心配におよびませぬ。なにせ、その場におられましたから」

「えっ、反対されなんだのか」

「反対どころか、おもしろがっておられましたよ。読売の原文書きなど、できる機会はそうそう無い。臆せずにやってご覧なさいと、むしろ、お尻を叩いてもらったほどでした」

「おぬしもおぬしなら、養母上も養母上だ。思慮が足りなすぎる」

蔵人介は怒りにまかせ、がばっと立ちあがった。

「うっ」

頭に激痛が走る。

「ご無理なされますな。たんこぶに響きますよ」

幸恵の涼しげな声に送りだされ、蔵人介は日和下駄《ひよりげた》をつっかけて外へ出た。

神楽坂下の辰造のもとへ向かおうとおもったのだ。

今ならまだ、寛太を止めることができるかもしれない。

読売が出まわるまえに、辰造を通じてきつく灸《きゆう》を据えてやろう。

そうおもって坂下の自身番《じしんばん》を訪ねてみると、辰造は見廻りで留守だという。

留守番の大家はこちらには顔も向けず、ぞんざいに応じながら懸命に読み物をしている。しきりにうなずき、目に涙すらためているので、もしやとおもって覗いてみると、幸恵の書いた読売を読んでいた。

「おい、それをどうした」

胸倉《むなぐら》を摑むほどの勢いで聞くと、大家は洟水《はなみず》をぐすっと啜る。

「こいつをどうしたって。へへ、町のそこいらじゅうで配っておりますよ。それにしても、ひでえ旗本がいたもんだ。可哀想なのは斬られた前途有望なお侍だよ。身を挺《てい》して幼子を守るなんざ、簡単にできるこっちゃねえ。でも旦那、いっとう許せねえのは、斬られたお侍の名誉を汚した御槍奉行じゃござんせんか、ねえ。こんな理不尽が通るようじゃ世の中仕舞《しめ》えだよ、まったく」

最後まで聞かずに外へ飛びだすと、大路に紙が舞っていた。

よくみればそれは読売で、通行人はみな手に取って読んでいる。

字の読めぬ者は読める者に読んで聞かせてもらい、そこいらじゅうで怒りの輪がひろがっていくかのようだった。

この調子なら、たった一日で噂は江戸じゅうにひろまるにちがいない。

「恐ろしい力だな」

読売の威力を侮《あなど》ってはいけない。

蔵人介のなかで、懸念よりも期待のほうが膨らみはじめた。

少なくとも、戸沢蓮四郎と深町弾正のやったことは白日《はくじつ》のもとにさらされる。

批判の声が大きくなれば、公儀も再調べに乗りださざるを得まい。

今のままでは、松岡隼人の名誉は守られぬままだ。

白洲で真実がはっきりすれば、隼人の死は報われることになる。

だが、それでよいのだろうか。

蔵人介は隼人の「遺言」をつぶやいた。

だ。

——成事は説かず、遂事は諫めず、既往は咎めず。

孔子の教えは、仇討ちを諫めただけのものではない。

たとい相手に非があっても、あとから責めを負わせない器の大きさを説いたものだ。

場所が白洲に移っても、相手に責めを負わせることに変わりはない。

だいいち、肝心な隼人の縁者たちは、何ひとつ行動を起こしていないのだ。

勝手に騒ぎを大きくしてよいのだろうか。

蔵人介は今すぐに八王子へおもむき、松岡九郎左衛門の存念を糾したくなった。

八

夕刻、神楽坂下番屋。

辰造が寛太の首根っこを押さえて連れてきたものの、叱る気はなかった。

寛太は調子に乗って「八王子の千人同心を焚《た》きつけやしょう」と発し、辰造に頭を叩かれた。

出逢いから七日が経とうとしていたが、松岡九郎左衛門が江戸へ舞いもどってきた気配はない。ふらりと八王子まで行ってみたい気もしたが、仇討ちをするのかどうか問いつめるのも妙なはなしだ。

辰造が所用で居なくなり、入れ替わりに番屋へはいってきた人物をみて、寛太はぎょっとした。

「……く、串部六郎太」

「ぬふふ、わしを呼び捨てにするとは良い度胸をしておる」

串部が恐い顔を近づけると、寛太は蛇に睨まれた蛙のように固まった。

「読売を読んだぞ。なかなか、ようできておるではないか。されど、調子に乗るなよ。わずかでも嘘を書いたら、ほれ、その髷を飛ばしてやるぞ」

「ひっ」

寛太は飛びあがり、尻尾を丸めて逃げだす。

串部は笑った。

「あれだけ脅しつけておけば、下手なことはせんでしょう」

「ふむ」

「ああみえて、なかなか役に立つ男にござる。それにしても、奥方さまはおもいきったことをなされましたな」

「親は四角四面の徒目付。まさか、あんなことをするとはおもわなんだが、おなごとはわからぬものよ」

「小笠原《おがさわら》流弓術の名人だけあって、的を射た文面にござりました」

「ふん、もうそのくらいにしておけ。癖になったら困るからな」

「心得ております る」

「それで、戸沢白雲斎の素姓はわかったか」

「はい。そもそもは大和国《やまとのくに》の修行僧で、宝蔵院《ほうぞういん》流の槍術師範だったとか」

はなしは十年前に遡《さかのぼ》る。そのころ、深町弾正は奈良《なら》奉行として大和国にあった。深町を上座に据えた槍術の演武《えんぶ》が役宅で催されたとき、ひときわ目を惹《ひ》いたのが白雲斎であったという。

「白雲斎はその場で深町弾正に召しかかえられました。すぐさま、めきめきと頭角をあらわし、三年目には幕臣になったそうです」

御槍奉行に転じた深町にしたがって江戸表にくだり、嗣子のいない隠居旗本と養子縁組をしたうえで戸沢姓を名乗った。ときを同じくして、深町の次男坊であった蓮四郎が白雲斎の養子になったらしい。

「蓮四郎はああみえて、齢二十一にござります。妾腹《しょうふく》でしたが、本妻に子がなかったので、深町家の嗣子として育てられました。ところが、元服《げんぷく》を目前に控えていたころ、本妻に男の子ができましてな、爾来、家人からぞんざいに扱われるようになったものと想像されます」

不運は重なり、実母が病死してしまう。蓮四郎は弾正も持てあますほどの悪童ぶりを発揮しはじめ、深町家のなかで腫れ物扱いされるようになった。

蔵人介は唸る。

「ふうむ、すると弾正は蓮四郎の捨て先を探しておったわけだな」

「いかにも。そこに嵌《はま》ったのが白雲斎にござります。旗本身分と引換に厄介者を押しつけられたのでござりましょう」

養子にさせられて七年が経過し、蓮四郎は札付きの厄介者になった。

みずからの不運を嘆きながら酒に溺れ、誰彼かまわず喧嘩を吹っかけることでしか、憂さを晴らす手だてをみつけられなかったのだ。

同情の余地はあるが、同情は微塵も感じない。

憂さ晴らしで手に掛けられた者の不幸をおもえば、蓮四郎はみずからやったことの報いを受けねばならぬ。

「深町弾正も戸沢白雲斎も、正直なところ、蓮四郎に死んでほしいとおもっておりましょう。されど、事ここにおよんでは下手に死なせることもできぬ。蓮四郎が死ねば罪を認めたも同然と勘ぐられますからな」

深町弾正は何も起こらずにときが流れ、やがて、人々の脳裏から忌まわしい惨劇の記憶が消えてしまうことを願っている。松岡九郎左衛門が隼人の「遺言」を守り、八王子でじっとしているのならば、連中の望みはかなうだろう。

やはり、勝手に行動を起こすことは憚《はばか》られた。

九郎左衛門たちの了解も得ず、隼人の遺志に逆らうことはできない。

串部もそのあたりは理解しているようで、もどかしさを隠しきれない様子だった。

ふたりの会話も途切れがちになったところへ、おもいがけない人物が顔を出した。

「義兄上、こんなところにおられたか」

陽気に笑いながら敷居をまたいでくるのは、義弟の市之進だった。

上役の鳥居耀蔵が戸沢蓮四郎に「委細御構いなし」との沙汰を下して以来、おたがいに会うのを避けていた。義弟の笑顔をみるのは、ずいぶん久しぶりのような気がする。

「何用だ」

「朗報にござる。戸沢蓮四郎の処断につき、拙者、鳥居さまと膝詰めの談判《だんぱん》をいたしました」

「ん、それはどういうことだ」

「義兄上のおはなしをお聞きし、やはり、このまま捨ておくべきではないとおもいなおし、徒目付の職を賭《と》して再調べのお願いを申しあげたのでございます」

「まことか」

蔵人介も串部も、ぱっと顔を明るくする。

「喜ぶのは早《はよ》うございます。まだ再調べの余地はあるというだけのこと。正式に決まったわけではありませぬ」

蓮四郎の凶事を物語る動かしがたい証拠を集め、世間もこれを後押しすれば、幕閣にある御歴々の気持ちに訴えることができるやもしれぬ。

「鳥居さまも、こたびばかりは早計であったと非を認められましてな、条件さえ揃えば水野越前守さまに再調べの願いを出してもよいと仰いました」

どうやら、処断した本人の訴えならば取りあげられる余地があるらしい。

蔵人介は首を捻った。

「それにしても、どうやって鳥居さまの心を動かしたのだ」

「鳥居さまは儒者のお家柄ゆえ、戸沢蓮四郎に斬られた松岡隼人は昌平黌に招かれるほどの秀才であったと申しあげました」

すると、鳥居はころりと態度を変え、目に涙すら溜めながら「知らんかった、知らんかった」と繰りかえしたらしい。

「なるほど、よいところを衝いたな」

「冷や汗を掻きましたよ。されど、勇気を出して訴えてようござりました。何やら、晴れわたった空のように爽快な気分でござる」

「それでこそ、わしの義弟だ」

褒められて、市之進は鼻をつんと高くする。

だが、再調べに通じる道は険しい。

「鳥居さまは懸念しておられます。八王子の縁者が焦って仇討ちでもやらかしたら、再調べの道は閉ざされようと仰いました」

「仇討ちは認めぬと申すのか」

「再調べの目途は、あくまでも、戸沢蓮四郎を白洲で裁くことを意味します。今の時点で仇討ちが公儀に認められるはずもなく、非公認で討ち入りでもやった日には擾乱《じょうらん》の罪で関わった者すべてが厳罰に処せられる。鳥居さまは、はっきりとそう仰いました」

一方では八王子の連中が来ることを期待しながら、また一方では来ぬことを祈る。蔵人介はどうしたらよいのか、正直、わからなくなってきた。

九

千代田城、中奥。

笹之間で夕餉《ゆうげ》の毒味を済ませ、蔵人介は膳所のそばにある厠へ向かった。

何となく予感はしていたが、案の定、厠の裏に公人朝夕人の気配が立った。

「お怪我をなされたか」

「ちと、坂道で転んでな」

「ふふ、家人は騙せても拙者の目はごまかせませぬぞ。頭の傷は千鳥十文字槍の柄で打擲されたものにござろう」

「存じておったのか」

「あと一寸ずれて、こめかみをやられておったら、今ごろは三途《さんず》の川を渡っておられたやもしれませぬな」

「咄嗟に急所を外したのだわ」

「鬼役どのが言い訳なさるとはおめずらしい。なるほど、白雲斎は難敵にござる。突けば槍、薙げば薙刀、引けば鎌《かま》なんぞという戯《ざ》れ歌もござりましたな。とにもかくにも、千鳥十文字槍は厄介な代物じゃ。ただし、欠点無きが欠点とも申します」

「ん」

蔵人介は、ぴくっと片眉を吊りあげる。

公人朝夕人は、くすっと笑った。

「宝蔵院流槍術の始祖胤栄《いんえい》は八日目の月影を眺め、曲がった横刃を持つ十文字槍を想起したと伝承されております。されど、刃が増えれば重量も増すは道理。いかに鍛錬を積んだ者でも、四半刻《しはんとき》も振りまわしておれば腕に痺《しび》れが走るはず」

なるほど、居合《いあい》を得手とする蔵人介はいつも抜き際の一撃で勝負を決めようとする。それが相手の思う壺なのだと、公人朝夕人は指摘しているのだ。

「ま、白雲斎との一戦は楽しみにしておきましょう。ところで、菊之間南入側でのこと、橘さまが案じておられましたぞ」

「やはり、ご存じであったか」

「菊之間からご退出のおり、鬼役どのを見掛けて不審におもい、柱の陰に隠れて様子を窺《うかが》っておられたのでござります」

「物好きなお方だ」

「おかげで、事の一部始終を調べよと、お命じになられました」

「余計なことをやらせたな」

「まったくにござる」

「ふん、減らず口を叩くようになったら、公人朝夕人も仕舞いよ。ところで、御歴々のご様子はどうだ」

「内々にではございますが、幕閣のあいだでも話題にのぼっております。ただし、御槍奉行の深町弾正さまが火消しにまわっておられましてな、一番の理解者がご大老の井伊掃部頭さまゆえ、それ以下の方々は黙認せざるを得ない情況にございます」

井伊掃部頭直亮は近江彦根《おうみひこね》藩の第十四代藩主である。前老中首座の松平周防守《まつだいらすおうのかみ》康任《やすとう》が出石《いずし》藩仙石《せんごく》家のお家騒動に関わって失脚したのち、四十代半ばの若さで大老に任命された。

幕閣における重石の役割を期待されたが、老中水野忠邦のような切れ味はなく、同じく老中となった脇坂安董《わきさかやすただ》のような老獪《ろうかい》さもない。凡庸《ぼんよう》大老と誰もが囁く人物だが、評定の際は最後に意見を拝聴しなければならぬ相手でもあった。

深町弾正が幸運だったのは、代々、井伊家の出入旗本をつとめていたことにある。出入旗本は幕府と諸藩の橋渡し役で、藩の客分として丁重に扱われた。昔日《せきじつ》は監視役の任も負っていたが、今は善悪とりまぜて藩の重臣たちと呉越同舟《ごえつどうしゅう》の道を歩むことが多く、井伊家と深町家の結びつきも例外ではなかった。

「評定の席でご老中たちの言いなりになっていたご大老も、身内に関わる一線だけは譲れぬというわけか」

「幕閣の御歴々はすでに、惨事の真相に勘づいておられます。件《くだん》の読売を持ちこまれたご老中もあったと聞きました。無論、公儀の沽券に関わるので、仇討ちはぜったいに許されませぬ。ただし、御歴々の心情は八王子千人同心のほうにかたむいております。なかには、仇を討たねば武士ではないと囁くお方もあったとか」

「それは、どなただ」

「驚くなかれ、水野越前守さまでござります」

「何だと」

公人朝夕人によれば、水野忠邦は目付の鳥居耀蔵を呼びつけ、内々に再調べの命を下したらしかった。

「何だ、そういうことか」

市之進は自分の手柄だとおもいこんでいるが、すでに鳥居には水野から密命が下っていたのだ。

「どうりで。あの高慢《こうまん》な御目付が徒目付ごときの訴えに易々《やすやす》と耳を貸すはずはないとおもっておったわ」

「鳥居さまは配下を使うのがお上手なのですよ」

「ま、そういうことかもな」

「ただし、お気をつけになられたほうがよろしいかと。ひとたびご沙汰の下された裁定が覆《くつがえ》ることなど、天地がひっくり返ってもありませぬ。水野さまが憂慮しておられるのはただ一点、八王子千人同心の動向のみにござります。御槍奉行は上役とは申せ、八王子の連中にしてみれば外様《とざま》の腰掛けにすぎませぬ。千人同心たちには、われわれ江戸詰めの者にない矜持《きょうじ》がござる」

　蔵人介にもよくわかる。

　千人同心たちは徳川家に忠誠を誓いつつも、独立独歩《どくりつどっぽ》の気概《きがい》を秘めている。それはかつて甲斐から天下を狙った武田信玄の配下にあって、鉄の結束を誇った者たちの末裔なのだという矜持にほかならない。

「八王子千人同心は、今の世に忘れられた強者の精神を携えている。水野さまもそれがおわかりになるだけに、連中の動向を恐れているのでござりましょう。それを証拠に、橘さまに向かって『山が動かねばよいが』とこぼされたとか」

「山が動かねば、か」

蔵人介は頬を緊張させた。

水野忠邦は湯島天神下の惨事が組頭である松岡家だけのことにおさまらず、八王子にいる千人同心のすべてに波及することを恐れている。大事が起こるまえに事の真相を把握するのが急務と考え、鳥居に再調べを命じたのだ。

蔵人介は空唾《からつば》を呑みこみ、影無き相手に問うた。

「山が動けば、どうなる」

「はてさて。合戦になるやもしれぬと、橘さまは冗談半分に仰いました」

公人朝夕人はそれだけ伝えると、ふっと気配を消した。

もわっとした厠の臭気に鼻をつかれ、蔵人介は顔をしかめる。

「莫迦な」

この江戸で合戦など、あり得ないはなしだ。

だが、石橋を叩いて渡る癖のある水野忠邦は万が一の事態を想定している。いざとなれば、姑息な旗本の盾となり、八王子千人同心を殲滅《せんめつ》する気でいるのだ。

わざわざ評定を開かずとも、大老井伊掃部頭を筆頭に幕閣で反対する者はおらぬだろう。幕閣の動向には、旗本八万騎の目が注がれている。直参旗本と八王子千人同心を天秤に掛ければ、どちらに加担するかは火をみるよりもあきらかだ。

しかし、すべては空想のたまものだった。

八王子千人同心が戦仕度《いくさ》をととのえ、江戸へ押しよせてくることなどあり得ない。

「杞憂《きゆう》にすぎぬわ」

蔵人介はつぶやきながらも、鼓動《こどう》が高鳴《たかな》ってくるのを感じていた。

十

甲州道中、日野渡し。

松岡九郎左衛門は旅の途上にあった。

眼前に流れる多摩川《たまがわ》の水は涸《か》れ気味で、渡し守《もり》に頼らずともよさそうなほどだ。

後ろを振りかえれば高尾山《たかおさん》が聳《そび》え、右手には多摩川の源流でもある秩父連山《ちちぶれんざん》が遠望できる。さらに、左手に目を向ければ霊峰《れいほう》富士が蒼穹《そうきゆう》にくっきりと稜線《りようせん》を描いていた。

生まれ育った故郷の風景や、老いた父母の顔も浮かんでくる。

八王子から二里弱、いまだ東の空が明け初《そ》めぬころ、誰に告げるともなく打飼いひとつ背負って千人町の屋敷を抜けだしてきた。

仇を討たせてほしいと訴えた清は、隠居した義父に「自重せよ」と諭《さと》され、一日じゅう悔し涙にくれていた。無理もあるまい。幼いころから許嫁《いいなずけ》になることが定められていた隼人とは三月前に式をあげたばかりで、幸福の絶頂から奈落《ならく》の底へ突きおとされたのだ。

「可哀想に」

九郎左衛門自身は存念を吐露《とろ》せずにいると、同輩の組頭たちに「どうする気だ」と問いつめられた。

八王子千人同心には、御家人身分の組頭が十人いる。組頭のもとには百人の平同心が配され、宿場の西に広がる千人町の組屋敷に住んでいた。縦の繋がりは無論のこと、横の繋がりも堅固《けんご》で、多くの家が姻戚《いんせき》同士でもある。

千人同心をまとめる頭は旗本身分だが、何人かで月番交替のために地元からの信頼が薄く、年貢を集めるだけの役人とみなされていた。

要《かなめ》はあくまでも十人の組頭である。

胆力《たんりょく》のある九郎左衛門は、組頭のなかでも人望の厚い男だった。

弟の隼人はみなに穏やかな性分《しょうぶん》を愛されており、優秀な人材として昌平黌に招かれたことは千人同心たちの誉《ほま》れであり、松岡家の者たちのみならず、誰もが隼人の将来を嘱望《しょくぼう》していた。

それだけに、このたびの惨劇に千人同心たちは怒りを抑えきれなかった。

——即刻、仇を討つべし。

評定のなかで組頭たちは声を大にして主張したが、長老でもある松岡兄弟の父が血気《けっき》に逸《はや》る者たちを諫めた。

「仇は御槍奉行の実子である。上役に刃を向ければ、どのような事情があろうとも、厳罰に処せられるのは必定《ひつじょう》。みなも妻子のあることとゆえ、ゆめゆめ軽々な行動は取らぬように」

父の説得にたいして、多くの者が反駁《はんばく》した。

「妻子と名誉とどちらを取るか。迷わず、われらは名誉を取る」

そうした勇ましい発言に涙しつつも、父は九郎左衛門に命じて、隼人の「遺言」を告げさせた。

——成事は説かず、遂事は諫めず、既往は咎めず。

細長い奉書紙《ほうしょがみ》に太い字で大書《たいしょ》されたことばを、一同は穴があくほどみつめた。

そして、涙を呑んで自重することに評定は決したのだ。

賢い息子を失った父のおもい、兄のおもい、遺された母や妻の悲しみ。武士の誇りを踏みにじられた自分たちの口惜しさ、それらすべてを犠牲にしても守らねばならぬ家がある。そのことに気づかされ、組頭たちは先鋭《せんえい》な言動は慎むことを誓わされた。

評定の決定はその日のうちに平同心たちに伝わった。

千人町は落胆の溜息に包まれ、露地や辻裏では啜り泣きが途切れることもなかったという。

九郎左衛門は顔色ひとつ変えなかった。

初七日が明け、親しい者に問われても、おのれの存念を告げることはなかった。

静寂のなかでひとり考え、やるべきことをみつけたのだ。

いや、弟に訪れた惨劇を知った瞬間から、こうすることは決めていた。

矢背家を訪ねて「遺言」を耳にしたときも心変わりはなかった。

ただ、おのれの覚悟を確かめたかっただけのはなしだ。

どうやれば仲間に迷惑を掛けずに済むか、父と同様にそこだけはじっくり考えた。

やがて気が満ちたころ、九郎左衛門は使い慣れた素槍を提《さ》げ、家人に気づかれぬように家を出た。

「隼人よ、待っておれ」

兄がかならず、仇を討ってやる。

四十九日の喪が明けるまで待てなかったのは、これ以上は逸《はや》る気持ちを抑えきれなかったからだ。

父宛てにしたためた文には「勘当《かんどう》にしてほしい」と綴った。

父も薄々は勘づいていたはずだ。おもいはきっと通じるだろう。

家長が勘当されて浪人となれば、松岡家は断絶となるにちがいない。

それでも、父は許してくれると信じていた。

母も清も許してくれよう。

妻も子もない独り身であったことに、九郎左衛門は感謝した。

三十過ぎまで槍一筋、花も色もない無骨《ぶこつ》な道を歩んできた。

そして、おのれの信念にしたがい、仇を討って死んでいく。

「わしらしい」

そんな人生がひとつくらいはあってもよかろう。

河原には枯れた靫草《うつぼぐさ》が黒々と並んでいる。

川向こうには、妖気《ようき》渦巻く分倍河原《ぶばいがわら》が広がっていた。

鎌倉室町《かまくらむろまち》のころより数々の合戦が繰りひろげられてきた古戦場《こせんじょう》だ。

枯れ野に点々とみえるのは、地蔵や馬頭《ばとう》観音を象った石仏であろう。

右手の丘陵に建つ金剛寺《こんごうじ》には高幡不動《たかはたふどう》がある。御本尊の不動明王は、火伏《ひぶ》せのご利益《りやく》があることから「汗掻き不動尊」と呼ばれていた。

不動明王のご加護《かご》を得るべく、九郎左衛門は頭《こうべ》を垂れて拝んだ。

「……どうか、どうか、本懐を遂げさせてくだされ」

おそらく、二度と故郷を目にすることはあるまい。

それでも、後ろを振りかえろうとはおもわなかった。

九郎左衛門は祈りを済ませると、裾を捲って浅瀬に足を突っこんだ。

十一

三日後、下谷練塀小路。

読売の寛太が叫んでいる。

「さあ、いよいよ今日は戸沢蓮四郎の再調べがおこなわれる。仇討ちをするにゃ、またとない好機だ。はたして、討手はあらわれるのかどうか。詳しいことは読売に書いてあるよ。さあ、買った買った。数にかぎりがあるから、早い者勝ちだよ」

無数の腕が突きだされ、読売は飛ぶように売れていく。

再調べがおこなわれる鳥居耀蔵の拝領屋敷は、戸沢家とさほど離れてもいない練塀小路の端にあった。往来を歩けば一丁ほどにすぎず、これも何かの縁であろうと、朝っぱらから沿道に集まった野次馬《やじうま》たちはうなずきあっている。

ただし、せっかくの再調べは井伊掃部頭の意向もあって骨抜きにされ、型どおりの問いがなされたのち、以前同様に「委細御構いなし」との沙汰が下される運びとなっていた。

情けない顔でそう囁いたのは市之進であったが、市井《しせい》の人々の関心は再調べでもなければ、理不尽な沙汰の中味でもない。

戸沢家から目付の拝領屋敷までの往来にあった。

湯島天神下の惨劇以来、蓮四郎は屋敷から一歩も外に出ていない。

再調べとなった今日が、唯一、すがたを市中に晒す好機であった。

沿道の野次馬たちには、乱酔旗本の悪人面をみてみたいという欲求がある。しかし、それよりも何よりも、仇を狙う討手があらわれるのではないかと期待していた。

やがて刻限となり、戸沢家の門が開いた。

先頭で出てきたのは、千鳥十文字槍を担いだ養父の戸沢白雲斎だ。

万が一に備えて、背後につづく蓮四郎に多くの供人を随行させている。

前後左右をふたりずつで囲み、すべての供人に抜き身の素槍を持たせていた。

「ずいぶん大袈裟《おおげさ》な防《ふせぎ》でござるな」

かたわらの串部が莫迦にしたように吐きすてる。

目付屋敷へ向かう一行の様子は、重罪人の護送にもみえた。

無論、蓮四郎は唐丸駕籠に乗せられているわけでもなく、縄で縛られているわけでもない。罪人としてではなく、旗本の御曹司として丁重に扱われている。

「人殺しめ、死んじまえ」

沿道からは罵声《ばせい》が飛んだ。

なかには礫《つぶて》を投げようとする者もあったが、目を光らせる徒目付たちに気づいてやめざるを得なかった。

一刻も早く、鬱憤《うっぷん》を晴らしてくれる強者に参じてほしい。

人々は期待に胸を膨らませながら、暑さに耐えつづけた。

蔵人介と串部は半信半疑だったが、岡っ引きの辰造や読売の寛太は仇討ちのあることを期待しすぎて興奮を抑えきれない。

ところが、野次馬たちが期待するようなことは何も起こらなかった。

それらしき人影はあらわれず、太陽はどんどん中天《ちゅうてん》に昇っていく。

再調べは沿道の人々をわざと焦らすかのように長引いた。

およそ一刻余りも経過したであろうか。

立っているだけでも滝のように汗が流れてくる。

さすがに暑さに耐えられなくなったのか、野次馬はひとりふたりと去り、午ノ刻になるころには半減していた。

それでも、沿道には大勢の見物人がまだ残っている。

灼熱《しゃくねつ》の陽光が往来を焼きつくすなか、鳥居屋敷の正門が軋《きし》みあげた。

「出てきたぞ」

物々しい扮装《いでたち》の用人たちにつづき、蓮四郎がさっぱりした顔であらわれる。

面窶《おもやつ》れした様子もなく、存外に元気そうだ。

堂々と胸を張り、腰には派手な拵《こしら》えの大小まで差している。

口端に笑みを湛《たた》えているのは、親の威光で死なずに済んだからだろう。

今日で謹慎は解け、明日からは大手を振っておもいきり悪さができる。

へらついた顔には、疎《うと》まれて道を外した者の屈折した狂気が見え隠れしていた。憐《あわ》れみを抱く余地はない。

「ふざけてやがる」

寛太も激昂《げっこう》してみせるように、蔵人介は今すぐにでも引導を渡してやりたかった。

だが、一行の先頭では千鳥十文字槍を掲げた白雲斎が堅固な盾となっている。

迂闊には手を出せない。

そこへ、市之進が汗を掻きながら駆けてきた。

「あれを」

指差したさきには、頭巾をかぶった偉そうな侍がいる。

「御槍奉行の深町さまにござります」

「お忍びか」

「はい」

上々の首尾《しゅび》に満足げだ。

深町弾正には八王子千人同心を統轄しているという自負がある。仇討ちに参じる者などいないと、高をくくっていた。

蔵人介はなかばあきらめつつも、わずかばかりの期待を抱いている。
だが、それらしき人影はあらわれる気配もなかった。
蓮四郎たちは安心しきった様子で、ゆったりと自邸に向かいはじめた。
目付屋敷のそばに佇む深町は、かたわらの供人と談笑しはじめる。
「やはり、来ぬのか」
蔵人介が肩を落としかけたとき、一団の向かう行く手にどよめきが沸きおこった。
額に手を翳《かざ》してみれば、白装束に身を包んだ大男が仁王立ちしている。
右手には長い素槍を握っていた。
「来た」
串部が放心したように漏らす。
寛太は辰造にほっぺたを抓《つね》らせた。
「……こ、こいつは夢じゃねえ」
沿道の人々は喜びを爆発させ、われさきに戸沢邸のほうへ走る。
蓮四郎は足を止め、白雲斎は千鳥十文字槍を頭上で旋回させた。
一方、深町弾正は目を瞠《みは》り、供人を目付屋敷に走らせる。
蔵人介は長柄刀を帯に差しなおし、大股で一歩踏みだした。

助太刀せねばなるまい。

串部も背中に従《つ》いてくる。

それにしても、白昼夢をみているかのようだ。

松岡九郎左衛門の勇姿は、眩《まぼゆ》いばかりに輝いていた。

十二

不動明王と化した九郎左衛門は、ひとことも喋らない。

下谷練塀小路の往来に壁となって立ちふさがっている。

白雲斎がひとり踏みだし、大声を張りあげた。

「知っておるぞ。おぬしは八王子千人同心の組頭、松岡九郎左衛門であろう。いや、槍の九郎と呼んだほうがよいかもしれぬ。逆縁も厭《いと》わずに舎弟の仇を討ちにくるとは、見上げた根性と褒めてつかわそう」

仇の蓮四郎はすっかり怯え、供人の後ろで震えている。

九郎左衛門は一歩前へ進み、素槍を頭上で旋回させた。

——ぶん。

旋風が巻きおこり、見物人も供人たちも胸を仰け反らせてしまう。

白雲斎は怯まない。

「わしは宝蔵院流の槍術師範じゃ。戸沢白雲斎を倒さねば、蓮四郎の首を獲ることはできぬぞ」

「もとより、承知」

「されば、地獄へ逝くがよい。者ども、心して掛かれ。かの狼藉者を討ちとるのじゃ」

白雲斎の号令一下、及び腰の連中が前面へ突出した。

九郎左衛門は大音声《だいおんじょう》で喝破する。

「さがっておれ。雑魚《ざこ》どもに用はない」

炯々《けいけい》とした眼光の睨むさきには、怯えた兎のような蓮四郎がいた。

「ひっ」

兎は悲鳴をあげ、踵《きびす》を返す。

ところが、行く手には蔵人介が立ちはだかっていた。

「ここからさきは通せぬな」

長柄刀に手を添えると、蓮四郎は恐怖に声を引きつらせる。

「白雲斎、こっちにもおるぞ」

呼び捨てにされた養父は、槍をたばさんで飛んでくる。

「鬼役め、邪魔だていたす気か」

焦りの色を浮かべる猿顔に向かって、蔵人介は静かに発した。

「おぬしの野心は今日で潰《つい》える。選んだ相手が悪かったな」

「黙れ」

千鳥十文字槍を青眼に構えた白雲斎の背後に、串部が横腹から躍りこんでいった。

「ふりゃああ」

供人たちは仰天する。

串部の手には本身ではなく、自身番で借りた樫《かし》の木刀が握られていた。

その木刀でもって、供人たちの向こう臑をやつぎばやに粉砕していく。

臑を折られた連中は凄まじい悲鳴をあげ、乾いた地べたに転がった。

「かたじけない」

九郎左衛門は易々と結界《けっかい》を破り、獲物に近づいていった。

白雲斎が振りむき、巨漢の突進を阻もうとする。

「はうっ」

「やっ」

気合いと気合いがぶつかりあい、槍の穂先は火花を散らす。

千鳥十文字槍と素槍の闘いだった。

一進一退の攻防が繰りひろげられるなか、蔵人介は蓮四郎から目を逸らさない。

頭巾をかぶった深町弾正が、沿道から怒鳴りかけてきた。

「白雲斎、何を手こずっておる。早う狼藉者を討ちとるのじゃ」

その声に振りむいた一瞬の隙を衝き、素槍の穂先が白雲斎の左肩を浅く削った。

「ぬう」

おもわず尻餅をついた相手には目もくれず、九郎左衛門は蓮四郎の背後に迫る。

「戸沢蓮四郎、覚悟せよ」

「ぬわっ」

蓮四郎は振りむきざま、腰の大刀を抜いた。

——がしっ。

すぐさま、素槍の一撃で弾かれてしまう。

「そいっ」

と同時に、九郎左衛門は穂先を斜めに払った。

突かずに、下方から猛然と薙ぎあげたのだ。

「うひょ……っ」

蓮四郎の悲鳴が遥か高みまで尾を曳《ひ》いた。

「生首が」

屋敷の甍《いらか》まで飛んでいる。

首無し胴は鮮血を噴きあげ、どうっと仰向けに倒れていった。

沿道の誰もが息を呑んだ。

徒目付たちがここぞとばかりに、目付屋敷から飛びだしてくる。

後方には鳥居耀蔵のすがたもみえた。

このままでは、九郎左衛門が人斬りとして捕縛される。

本人もそのつもりなのか、素槍を地べたに突きたて、どっかり胡座《あぐら》を搔いた。

野次馬たちが注目するなか、蔵人介は捕り方に向かって大声を発する。

「お待ちあれ。これは仇討ちにあらず。あれにある松岡九郎左衛門は八王子千人同心のお役目を立派に果たされた」

「何を言うか、鬼役め」

激昂する鳥居のことばを押しとどめ、蔵人介はなおも声を張りあげた。

「どうか、今しばらくお聞きくだされ。戸沢蓮四郎は三月前の花見のおり、上野山《うえのやま》で乱暴狼藉をはたらきました。お調べいただければ、すぐにわかること。ご存じのとおり、上野山にはかしこき大権現《だいごんげん》様の御霊《みたま》を祀《まつ》る東照宮がございます。大権現様の御霊を穢《けが》した由々しき罪は断罪せねばなりますまい」

「そのことと八王子千人同心が、いったい、どう関わると申すのか」

「これはしたり。東照宮をお守り申しあげるのが八王子千人同心のお役目ではござりませぬか」

苦しまぎれのこじつけにすぎぬ。

にもかかわらず、鳥居耀蔵は何ひとつ言い返さない。

配下を一斉に後退させ、みずからも九郎左衛門に背を向けた。

世間の目を気にしたのだろうか。

それとも、九郎左衛門が助かる口実を探していたのかもしれない。

「うわああ」

沿道からは歓声が沸きあがった。

うろたえたのは、深町弾正である。

頭巾をはぐりとり、鳥居の背に怒声を浴びせた。

「何をしておる。鬼役の申すことは詭弁《きべん》じゃ。実子の蓮四郎が、わしの眼前で首を刎ねられたのじゃぞ。しかも、あれにある下手人は八王子千人同心の組頭ではないか。御槍奉行の足下にあるべき者が、白昼で堂々と凶刃をふるったのじゃ。これは重罪ぞ。待たぬか、おい、鳥居。早《はよ》うあの人斬りを捕らえ、断罪にせよ。これ、聞こえぬのか。鳥居耀蔵、お役目を果たせ」

鳥居は足を止め、厳しい顔で振りかえる。

そのとき、信じられないことが起こった。

往来の左右から、そして横道という横道からも、大勢の人影が夏雲のように溢れだしてきたのだ。

みすぼらしい風体《ふうてい》の連中だが、侍にまちがいない。

往来を埋める侍の数は、おおよそ千人に膨らんでいる。

「……ば、莫迦な」

深町も鳥居も呆気《あっけ》にとられた。

蔵人介も野次馬たちも口をあんぐり開けていた。

胡座《あぐら》を掻いた九郎左衛門は仰天して声も出ない。

十重二十重《とえはたえ》の人垣を築く侍たちは、八王子千人同心にほかならなかった。

「……な、なぜ、おぬしらが」

九郎左衛門の問いに応じるかのように、人垣の狭間から女がひとりやってくる。

隼人の妻、清であった。

「義兄上、おひとりで起つとは水臭いではありませぬか」

清は気丈に言いはなち、身につけた粗末な着物を脱ぎすてる。

それを合図に、後ろに控える同心たちも一斉に着物を脱いだ。

ひとり残らず、白装束を纏っている。

往来は白い雲に覆われたかのごとくになった。

みな、丸腰だった。

ひとりとして、大小を腰に差した者はいない。

刀は無くとも、御槍奉行を黙らせるには充分だった。

鳥居も金縛りにあったように動けなくなった。

おそらく、公儀も無刀の力に屈せざるを得まい。

八王子千人同心の気概は、公方の心をも動かすだろう。

公正な処分が下されぬときは、世間が黙っておるまい。

深町弾正は顎を震わせ、がっくり膝をついた。

突如、着物をはだけて白い腹を晒す。

「あっ」

野次馬たちは息を呑む。

だが、脇差《わきざし》を抜いた瞬間、駆けよった徒目付たちに後ろから羽交《はが》い締めにされた。

「御槍奉行さま、早まってはなりませぬ。公正なお裁きをお受けなされ」

凛然《りんぜん》と叫ぶのは、何と市之進であった。

鳥居は「ちっ」と舌打ちをかまし、屋敷へ逃げこんでしまう。

沿道からは、やんやの喝采《かっさい》が送られた。

これほど痛快な光景はない。

深町は実子の罪を認め、生き恥を晒さぬために切腹しようとした。

ところが、腹を切ることも許されず、本来は配下であるはずの八王子千人同心たちの面前に平伏したのだ。

しかも、権威の象徴である目付の鳥居は、尻尾を丸めて消えざるを得なかった。

「やった、やった。こいつは売れるぞ」

極太の寛太が浮かれて踊りだす。

沿道の野次馬たちは、なおも歓声を張りあげた。

清は嵐のような喧噪《けんそう》を逃れ、九郎左衛門に近づいていく。

「義兄上、ご立派にござります。見事に、ご本懐を遂げられましたな」

さすがの豪傑も安堵《あんど》したのか、感極まり、おんおん声をあげて泣きはじめた。

隣で串部も貰い泣きしている。

蔵人介は痺れるような感動をおぼえつつも、白雲斎のすがたを捜した。

「おらぬな」

深町弾正を見限り、早々に去ったのだろう。

喜びに沸く往来の片隅には、蓮四郎の首が人々から忘れられた置物のように転がっていた。

十三

数日後、湯島天神下。

九郎左衛門と清は隼人が斬られた地に香華《こうげ》を手向《たむ》け、しばらく祈りを捧げていた。

頭を垂れたふたりの様子を、蔵人介は少し離れたところからじっとみつめている。

やがて、九郎左衛門が困った顔でやってきた。

「隼人の魂を探してみましたが、どうやら、ここにはおらぬようでござる」

「潔いご舎弟らしいな。この世に未練をのこさず、逝かれたのでござろう」

「されば、拙者が遺言を破ったことも大目にみてくれましょうか」

「無論、案ずるにはおよばぬ。貴殿は人としての筋を通された。世間のみならず、公儀もそれを認めたのだ」

九郎左衛門は涙ぐみ、深々と頭を垂れる。

「すべて、矢背さまのおかげにござります」

白昼の往来で大立ちまわりを演じた九郎左衛門は、本来なら厳罰に処せられる運命にあった。本人も覚悟していたのだが、蔵人介が機転を利かせて発した口上《こうじょう》のとおり、八王子千人同心の役目を遂行したにすぎぬという言い分が通った。「委細御構いなし」との沙汰が下されたのだ。

「公儀もたまには粋なはからいをしてくれる」

裁定に手心がくわえられた裏には、老中水野忠邦の深慮《しんりょ》があった。八王子千人同心の反撥《はんぱつ》と、それを強力に後押しする世情《せじょう》に鑑《かんが》みたのだ。

一方、深町弾正には「御役御免のうえ蟄居《ちっきょ》」という不名誉な沙汰が下された。もっとも、深町は早々と髪を剃《そ》り、出家してしまっていた。後ろ盾となりつづけた井伊掃部頭は歯噛《はが》みして口惜しがったが、評定の席ではひとことも発しなかったという。

清も祈りを終え、晴れやかな顔でやってくる。

「お殿さま、何から何までお世話になりました。御礼の気持ちはことばでは言い尽くせませぬ」

「なあに、礼を言われるほどのことはしておらぬ」

「いいえ。義兄上にも、これだけはお伝えしておかねばなりませぬ。義兄上が八王子をお起ちになった日、お殿さまが早飛脚でこの読売を届けてくださったのです」

清がひろげてみせたのは、幸恵が原文を綴った読売だった。

「この読売は、わたくしたちに百万倍の勇気を与えてくれました。ゆえに、樹《た》つことができたのでございます。お殿さまは書き添えてくださりましたね。『無刀の力を信じるべし』と。そのおことばが、義父上のお心を動かしました。みなに出立《しゅったつ》の命が下されたのでございます」

「そうであったのか」

九郎左衛門はしきりにうなずき、何度も礼を口にする。

「矢背さまには足を向けて眠れぬ」

「ふふ、そのくらいにしておいてもらおう。四十九日が過ぎたら、また江戸へお越しくだされ。神楽坂に酒肴の美味い小料理屋がござってな、是非、ご招待申しあげたい」

「それは楽しみができました。されば、これにて」

「ふむ、道中お気をつけて」

「かたじけのうござります」

ふたりをその場で見送り、蔵人介は神田明神下の大路をぶらぶら歩きはじめた。

突如、黒雲が空を覆いはじめ、まだ午前だというのに夕暮れのようなおもむきになってくる。

「ひと雨きそうだな」

神田川の土手にぶつかり、急ぎ足で右手に曲がる。

松岡隼人がたどりつけなかった湯島聖堂へ足を向けたのだ。

ざっと、雨が降ってきた。

撥ねを飛ばして逃げる人々を尻目に、蔵人介は濡れるのも厭《いと》わずに歩きつづける。

叩きつけるような土砂降りのなか、行く手の門前に佇む人影をみつけた。

右手に千鳥十文字槍を握り、からだじゅうから怒りを発している。

「ふうん、まだ江戸におったのか」

白雲斎であった。

浪人のみすぼらしい身なりが似合っている。

筋張ったからだも逞《たくま》しくみえるから不思議だ。

「鬼役め、待ちかねたぞ。わしはこれより上方《かみがた》へのぼる。裸一貫からはじめ、死ぬまえにもうひと旗あげるつもりじゃ。ただな、どうしても、おぬしの首を獲らねば気が済まぬ。ゆえに、権太《ごんた》坂からわざわざ引き返してきたのよ」

「それはご苦労だったな」

「おぬしのせいで、すべてご破算《はさん》になった。直参旗本から食いつめ者に落ちたのだわ。あのとき、浄瑠璃坂で引導を渡しておけばよかったと悔やんでもおる」

「ふん、口上の長い男だ。言いたいのは、それだけか」

「まあな」

白雲斎は腰を沈め、槍をしごいた。

――ぶん。

雨音を裂いて、穂先が唸りあげる。

「まいるぞ」

「のぞむところ」

「くりゃ……っ」

気合いとともに、泥水が撥ねた。

蔵人介はしかし、抜こうとしない。

「そいっ」

「何の」

一撃目の突きを軽々《かるがる》と躱した。

二撃目の薙ぎ技も、三撃目の打擲も紙一重の差で躱しつづける。

躱しに徹すると決めれば、存外に難しいことではない。

九郎左衛門との槍合わせで、槍筋を見切ってもいた。

雨で足場が悪くなったせいか、攻めも冴《さ》えを欠いている。

あとは粘り強く躱しつづけ、相手が疲れるのを待つだけだ。

しばらく動きまわっていると、白雲斎は肩で息をしはじめた。

そろりと勝負を決めるころあいだ。

蔵人介は不敵な笑みを浮かべた。

「ふふ、幕臣になって鍛錬を怠ったようだな」

「黙れ。逃げてばかりおらず、尋常に勝負せよ」
「よかろう。苦しまずに逝かせて進ぜよう」
「猪口才《ちょこざい》な。くえ……っ」
乾坤一擲《けんこんいってき》の突きがきた。
蔵人介は息を止め、ふっと身を沈める。
――ひゅっ。
一瞬の光芒《こうぼう》が、雨粒を煌《きら》めかせた。
蔵人介は相手の小脇を擦りぬけている。
すでに、愛刀の国次は鞘の内にあった。
――ちん。
鍔鳴《つばな》りが響く。
かっと、白雲斎は血を吐いた。
脇腹が裂け、小腸がぞろぞろ飛びだしてくる。
双眸《そうぼう》から光が消え、白雲斎は水溜まりにくずおれた。
蔵人介は振りむきもせず、何食わぬ顔で歩きはじめる。
そして、雨宿りする人影もない聖堂の門を潜りぬけていった。

御見出《おみだ》し

一

矢背家には居候《いそうろう》がひとりいる。

名は望月宗次郎《もちづきそうじろう》。

そもそもは隣家の次男坊だったが、六年ほどまえから離室《はなれ》に住みついていた。

事情は込みいっている。宗次郎の養父望月左門《さもん》は三千石取りの大身旗本であったが、泥沼の政争に深く関わり、自刃《じじん》に追いこまれたうえに屋敷まで焼かれた。その左門から生前に「万が一のときは身の立つようにしてやってほしい」と頼まれていたため、蔵人介が隣人の誼《よしみ》で引きとったのだ。

見栄えは歌舞伎役者のような優男《やさおとこ》で、しかも甲源一刀流の遣い手となれば、町娘たちが放っておくはずはない。宗次郎もすっかりその気になり、商家の若旦那風に遊冶郎《ゆうやろう》を気取っては夜な夜な家を抜けだし、廓通《くるわがよ》いにうつつを抜かした時期もあった。あげくのはてには夕霧《ゆうぎり》という吉原《よしわら》一の花魁《おいらん》と懇《ねんご》ろになり、朝帰りしてきたことも一度や二度ではない。

そんな宗次郎が高橋大吉《たかはしだいきち》という幼馴染みから何やら真剣な相談を受けていた。ところは上野不忍の蓮池《はすいけ》にぽっかり浮かんだ弁天島《べんてんじま》、名物の蓮飯《はすめし》を食わせる料理茶屋の広縁である。

夕刻なので蓮見舟は出ておらず、蓮の花は蕾《つぼみ》を固く閉じたままだ。

水面を覆う丸い葉と同じものが皿代わりに出され、蓮の若葉を刻んで米といっしょに炊いた蓮飯が盛りつけてある。

なかなかに香ばしく、年寄りや女たちに人気が高い。

「なあ、宗次郎。わしはどうすればよいとおもう」

「どうと言われてもなあ」

宗次郎は瓜《うり》の酢漬けをかりっと齧《かじ》り、遠い目をしてみせた。

大吉は唯一の親しい友だ。役無しの小普請組で燻《くすぶ》ってはいるものの、宗次郎とちがって生真面目《きまじめ》な男で、剣術はからっきしだが、算勘《さんかん》に優れていた。たとえば、道普請《みちぶしん》や橋普請《はしぶしん》に必要な人手と費用などをたちどころに算定してしまう。空《そら》で三桁《けた》や四桁の数を掛けたり割ったりもでき、けっしてまちがわない。

誰もが舌を巻くほどの才能を持ちながら、世渡り下手のせいで目を掛けてくれる者がいなかった。

ほかの者ならどうでもよいが、大吉だけは何とか身のたつようにしてやりたいと、自分のことは棚にあげ、宗次郎は心の底からおもっていた。

そこへ、降ってわいたような出世話が舞いこんできたのだ。

宗次郎は手酌で冷や酒を注ぎ、盃の縁を猫のように舐める。

「まこと、御勘定所の組頭になることができるのか」

「ああ、ご使者の角中丑之助《かくなかうしのすけ》さまがはっきりとそう仰った。角中さまは長沼家の用人頭ゆえ、軽々しい約束はなされまい」

「御勘定所に通うのは、おぬしの夢であったな」

「ああ」

「組頭になったら、そのさきはどうする」

「一所懸命にご奉公し、すえは御勘定奉行になる」

「ぷっ」

宗次郎は、口にふくんだ酒を吹いた。

隣の町娘に般若《はんにゃ》の形相で睨《にら》まれても、まったく動じない。

「平目顔《ひらめ》のくせに、おもしろいことを抜かすやつだ。家禄五百石の貧乏旗本が御勘定所のてっぺんになろうとはな」

「宗次郎、わしは真剣だ。御家人身分から御勘定奉行に出世した先人もおられるではないか」

「おられたな。たとえば『耳嚢《みみぶくろ》』を著した根岸肥前守《ねぎしひぜんのかみ》さま」

「さよう、根岸肥前守さまが理想とするお方だ。御勘定奉行になったあかつきには、城をつくりたい」

「へっ。城だと」

「そうだ。日の本《ひのもと》一の城を築いて、暗雲の垂れこめたこの国に活気を蘇《よみがえ》らせる。それがわしの夢なのさ」

「おもしろい。だから、おぬしが好きだ」

宗次郎に酒を注がれても、一合上戸《いちごうじょうご》の大吉は盃に口をつけず、二杯目の蓮飯に箸をつけながらこぼす。

「されど、このはなしを断れば、夢は夢で終わる」

「断るのか」

「そこが思案のしどころよ。佳奈《かな》を手放してまで夢を得ることが、はたして良いことなのかどうか。わしはな、蛍侍《ほたるざむらい》になってまで出世を狙いたくない」

大吉の本音であろう。双親はすでに他界《たかい》し、たったふたりの兄妹は寄り添うように生きてきた。はたして、だいじな妹を出世の足掛かりにできるのかどうか。胃がねじきれるほど悩みぬいているにちがいない。

「ならば、夢をあきらめるか」

「それも嫌だ。ゆえにこうして、おぬしに相談しておる」

「佳奈どのには、はなしたのか」

宗次郎はいとけない娘の面影を探しながら、水面《みなも》に目を落とす。

西にかたむきはじめた夕陽が、蓮池全体を赤く染めつつあった。

「はなしておらぬさ」

ぽつりと、大吉は漏らす。

「はなせば、あいつは笑ってうなずくであろう。『兄上のお好きになされませ』と、そう言うにきまっておる」

「幼いころから、兄おもいの妹であったからな」

用人頭から内々にあったはなしは、勘定奉行の側室《そくしつ》に迎えたいという誘いだった。

「本妻でないとは申せ、お相手は今や飛ぶ鳥をも落とす勢いの長沼将監《しょうげん》さまだぞ」

「さよう、長沼さまと申せば、われらにしてみたら雲上《うんじょう》のおひとだ」

幸か不幸か、佳奈は長沼に見初《みそ》められた。

つい先日、七夕《たなばた》を祝う酒宴の席でのことだったらしい。内輪の集まりを仕切った日本橋の呉服屋が座に華やぎを添えるべく、芸者ではなしに素人の武家娘や町娘たちに酌をさせたところ、娘たちの初々《ういうい》しさが評判になった。なかでも際立った縹緻《きりょう》の持ち主が佳奈にほかならず、上座にあった長沼は一目で心を蕩《とろ》かされてしまった。

よこしまな心が見え隠れするものの、妹の側室話を受けいれれば、兄の出世は約束されたも同然となる。

「責めを負うべきは、このおれだ」

宗次郎は頭をさげる。

厄介になっている志乃と幸恵が、日本橋の呉服屋から声を掛けられて町娘たちに行儀作法を指南しはじめた。指南の手伝い役として、宗次郎が旧知の佳奈を推薦した。

「その呉服屋が長沼家の御用達とも知らず、わしは佳奈どのを推薦した。わしが余計なことをせねば、七夕の宴席で佳奈どのが見初められることもなかったのだ」

「おぬしのせいではない。宴席がなければ、降って湧いたような出世話もなかった。わしは小普請で燻《くすぶ》ったまま、一生を終えていただろう。おぬしには感謝こそすれ、恨んでなどおらぬ」

久しぶりに再会した佳奈は、みちがえるほど大人びていた。

行儀作法の指南役を嬉しがり、志乃や幸恵にも可愛がられていたのだ。

佳奈は屈託《くったく》のない明るさで「可愛いお嫁さんになることが夢だ」とも教えてくれた。幼いころから「もうひとりの兄のように慕っていた」とも告げてくれ、宗次郎を動揺させた。

嬉しそうな佳奈の笑顔をおもいだすと、安易なことは言えなくなる。

「なあ、宗次郎。わしはどうすればよい」

同じ問いを繰りかえされ、宗次郎は重い溜息を吐《つ》いた。

「おれに聞くな。自分で決めろ」

「そうか。そうだよな」

ふたりは蓮飯を平らげたあともしばらく粘ったが、新たな客がつぎつぎに訪れるので見世を出ざるを得なかった。

弁天島をあとにして橋を渡り、寛永寺《かんえいじ》宿坊《しゅくぼう》の甍を仰ぎながら元黒門町《もとくろもんちょう》へ向かう。すると、下谷三枚橋《さんまいばし》の手前に人集《ひとだか》りができていた。

「何であろうな」

のんびりと近づく眼差しのさきに、異様な光景が浮かびあがってくる。

西陽に照らされた三枚橋の欄干《らんかん》から、ひとが長々とぶらさがっていた。

ひとりではない。初老の男女が一本の細紐でおたがいの首を縊《くく》り、橋の下にぶらさがっているのだ。

「釣瓶《つるべ》心中か」

宗次郎は顔をしかめた。

胆《きも》の細い大吉は道端に駆けより、食べたばかりの蓮飯をぞろぞろ吐きはじめる。

宗次郎は友を介抱《かいほう》するのも忘れ、塩鮭《しおじやけ》のようにぶらさがった男女をみつめていた。

二

文月《ふづき》十五日は芝《しば》の浜御庭にて漁を見物するというのが、徳川開闢《かいびゃく》のころから将軍家の慣わしとなっている。

蔵人介も新将軍家慶の毒味役として随伴《ずいはん》し、膳所に近い控え部屋で待機しつづけた。

漁は佃島《つくだじま》の漁師たちによっておこなわれ、あらかじめ仕掛けてあった置き網に鰺だの鯖《さば》だのが掛かった。沖合に浮かべた漁船で漁師たちが網を曳《ひ》く雄壮な景観は、浜を見下ろす御殿の庭からもはっきりと遠望でき、深紅《しんく》の毛氈《もうせん》に涼み台を築いて座した家慶は終始ご満悦《まんえつ》だった。

活きの良い魚はさっそく膳所でさばかれ、鰺は焼いてから三杯酢《さんばいず》掛けにし、鯖は軽くしめて炙《あぶ》ったものに花鰹《はながつお》を添えるなどしてから膳に並べられた。文月はことに鯖が好まれ、千代田城でも背開きで二枚重ねたものを塩漬けにした刺鯖《さしさば》がよく出される。刺鯖を蓼酢《たでず》で食べるのが家慶の好みだが、やはり、新鮮な鯖にはかなうべくもない。

もちろん、膳に並んだ品を味わっているようでは、鬼役などつとまらぬ。ただし、この日に毒味する鯖だけは別格だ。相番となった桜木兵庫も口いっぱいに唾を溜めていたが、見届け役なのでひときれも口に入れることはできなかった。

相番が七転八倒しながら口惜しがる様子は、なかなか痛快なみせものだ。

蔵人介は毒味の最中、めずらしく雑念《ざつねん》を振りはらうのに苦労した。

頭に浮かんでくるのは、宗次郎のことだ。

居候であるにもかかわらず、あいかわらず遠慮というものがない。武芸に励むとか、学問に身を入れるとか、そうした気配はまったくみせず、自由気儘《きまま》な暮らしぶりを貫いている。それでも、志乃や幸恵の受けはよいので放っておいた。

ところが、ついに今朝方、志乃に「いつまでも浪人身分で置いておくわけにもいかないので、どこぞの雄藩に仕官《しかん》させたい。その旨、心しておくように」と命じられた。そのことが頭から離れないのだ。

唐突なはなしには馴れているものの、宗次郎の身の振り方については易々《やすやす》と首肯《しゅこう》するわけにもいかなかった。

家人のみならず本人にさえ告げていない秘密がある。

じつを言えば、宗次郎は将軍家慶のご落胤《らくいん》であった。次期将軍に決まっていた家慶が若い時分、大奥で下働きをしていた名も無きお末《すえ》に産ませた子なのだ。順番からすれば嫡男《ちゃくなん》になる。それゆえか、命を狙われたこともあったし、政争の具に使われかけたこともあった。

これを蔵人介が内々に阻んできたのは、望月左門の遺言を守ろうとしたがためだ。

とんでもない重荷を背負いこんだと、今さらながらにおもう。

あらためて考えてみれば、問いたいことはいくつもあった。

なぜ、嬰児《えいじ》は身分を隠したまま、望月家へ託されたのか。

いったい、託したのは誰なのか。

なぜ、望月家でなければならなかったのか。

確《かく》たる理由はわからず、問いただすあてもない。

小姓組番頭の橘右近でさえ、そのあたりの事情は知らない様子だった。

秘しておくのにも限界を感じていたやさきだっただけに、志乃に対したときは「ご落胤」という台詞が喉まで出掛かった。

いずれ近いうちに、志乃や本人にもはなしておかねばなるまい。

それをおもうと、獲れたての鯖すら味気ないものに感じられた。

ともあれ、蔵人介は毒味を終わらせ、ほっと肩の荷をおろした。

秋を迎えていっそう肥えた桜木が、さも悲しげに問いかけてくる。

「矢背どの、鯖の味はどうであった。それを聞いておかねば、気が済まぬでな」

「味などない。どのような食材であれ、味わうことはまかりならぬ。それが鬼役というもの」

「信じられぬ。獲れたての鯖を味わわぬなどと、矢背どのは人としての楽しみを捨てておるのか」

蔵人介は面倒臭そうに横を向いた。

桜木はなおも食らいついてくる。

「本来なら、鯖も鰺も刺身にすべきであろう。ところが、上様のお口にはいるまでには少なくとも半刻は掛かる。御前で上覧《じょうらん》された魚であっても、それだけの手間を掛けねばならぬというわけだ。魚だけではないぞ。二の膳には初物の松茸《まつたけ》もござったな。こう言っては何だが、土瓶蒸《どびんむ》しも炉で温めなおせば、風味が飛んでしまう」

「おぬしはいったい、何が言いたいのだ」

「上様のことを憐れんでおるのよ。松茸は網で焼いたのを、こうやって裂いて食うのがいっとう美味い。網と申せば、秋刀魚《さんま》もそうじゃ。脂《あぶら》の乗った秋刀魚を焦げ目がつくまで焼いてな、こうして白米といっしょに、口をはふはふさせながらかっこむ。それこそ至福というものじゃ。まことに美味いものを下賤《げせん》と呼んで膳に載せぬのは、いったい誰の差し金であろうな」

「桜木氏《うじ》、それ以上無駄口を叩けば、腹を切らねばならぬことになるぞ」

「はは、わかったわかった。大目にみてくれい。たまには胸につかえたことどもを吐きだしたくなる。それが人というものであろう」

やたらに「人」を強調し、気儘に好き勝手なことをほざく相番が、何やら羨《うらや》ましくなってきた。

「恐い顔をなさるな。矢背どのはいつも怒ってばかりいる。たまには腹の底から笑ってみなされ。くふふ、笑いたくば簡易な手管《てくだ》がござる。わしにいくばくかの小金を託してもらえぬか。さすれば、笑いが止まらぬほど儲けさせて進ぜよう」

蔵人介は指を舐め、眉に唾《つば》をつけた。

数ヶ月前も「小豆《あずき》に小金を出さぬか」と誘われた。大量に小豆を購入できる筋を持っているので、高利貸しから金を借りてでも突っこんでみないか。小豆を買いだめして相場があがるのを待ち、あがったところで一気に売るのだと迫られたが、当然のごとく断った。

そののち、桜木が小豆相場で大損をこいたと風の噂で聞いていた。

いずれにしろ、儲けばなしほど、この世で信用できぬものはない。

「小豆ではないぞ。御見出《おみだ》しじゃ」

「御見出し」

「さよう。御法度《ごはっと》ゆえ、大きい声では言えぬ」

御見出しとは、役目替えの人選に関わる重臣が平の幕臣を誰もが羨むような役に昇進させたときに使うことばだ。才能を認めて昇進させることは稀《まれ》で、ほとんどの場合は賄賂《まいない》の多寡《たか》によってきまる。あるいは、妹や娘を人身御供《ひとみごくう》にして昇進を果たした蛍侍なども、御見出しの範疇《はんちゆう》にふくまれよう。

「人選のことではない。突《つ》き富《とみ》のことよ」

「突き富」

「さよう、目黒《めぐろ》不動の突き富だ。一千両の一番富を二度も当てた人物がいる。空念《くうねん》上人《しようにん》と申してな、富籤《とみくじ》で当てた二千両をすべて寺に献上して出家した。噂によれば、空念上人は当たり札を夢に描いてみせるという」

誰ひとり信じる者はなかったが、つい先月おこなわれた目黒不動の一番富も当ててみせ、われもわれもと空念上人に帰依《きえ》する者が増えた。

「ところがな、こいつにはからくりがあった。空念のやつは突き手の坊主と通じておったのさ。されば、突き手の坊主が使った手管はどのようなものであったのか。ふふ、聞きたいであろう」

富札の入れられた大箱には、小さな穴があいている。上から覗いても闇があるだけ、突き手の坊主からは札がみえない仕組みになっていた。寺社奉行配下の役人が至近で見守るなか、細長い柄のついた錐《きり》で空念の描いた当たり札を突くことなどできるはずもない。

「ところが、できた。鉄を引きよせる石をな、箱の下に貼っておくのさ」

「磁石《じしやく》か」

「さよう。奥州《おうしゆう》南部《なんぶ》藩大槌《おおつち》村で採れた強力な磁鉄鉱《じてつこう》と聞いた。当たり札に鉄を貼っておけば、どれだけ箱をひっくり返しても下に貼りついたままになる。そこを狙って富突きうん十年の熟練坊主が突けば、当たり札が意のままに出せるというからくりさ。役人どもにばれぬように、そいつを『御見出し』と呼ぶようになった。つまり、贋富《にせとみ》の隠語《いんご》というわけだ」

桜木は得意気に胸を張り、なおも喋りつづける。

「ふふ、物事にはすべて裏がある。空念はただの盗人よ。ただし、誰にもばれぬように上手《うま》くやった。わしはとある信用のおける筋から、御見出しのからくりを聞いてな、ごくごく少数の親しい相手にだけ秘密を打ちあけておるのよ。どうじゃ、矢背どのも小金を賭けてみぬか」

どうじゃも糞もない。桜木は誰かに騙されているだけだ。

「われらのごとき二百俵取りの貧乏旗本にも、ささやかな夢をみさせてくれる。それが御見出しよ」

身を滅ぼすからやめろ、ということばを呑みこんだ。

桜木のようなたわけは、痛い目をみなければわかるまい。

「ふう、溜息ばかり出よる。とんとん拍子に出世したいものよ。出世して偉くなれば、どのような悪事も平然とやってのけられる」

桜木は声をひそめ、重臣の黒い噂を口にしはじめた。

「先般、幕閣のお取りきめにより、大判《おおばん》が大幅に値をさげたであろう。そのことを事前に知り得た重臣方が、何と、みずから蔵に貯めこんだ大判を隠密裡《り》に手放しておったらしいのだ。なかでも、大量に手放して巨利をあげたのが、御勘定奉行の長沼将監さまだという」

「長沼さま」

「ああ、そうだ。出入りの悪徳両替商に命じ、市中の商人たちに大判をごっそり売りさばかせたらしい。高値で摑まされた商人たちにすればたまったものではないが、両替商の後ろに御勘定奉行が控えているとなれば、頭から拒むわけにもいくまい」

善良な商人たちが強引に買わされた翌日、市中で八両の値がついていた大判は暴落した。商人のなかには資金繰りができなくなり、見世をたたんだ者もあったという。

「悲惨なものよな。下谷の三枚橋で鮭《しやけ》になった夫婦があったろう。池之端《いけのはた》で印伝の袋物屋《ふくろものや》を営んでおった『甲州屋』じゃ。聞くところによれば、『甲州屋』も大判を摑まされた口らしい」

池之端の『甲州屋』は、志乃が贔屓《ひいき》にしていた印伝屋だった。

商売が行き詰まって首を縊《くく》ったと聞いていただけに、蔵人介は眉をひそめざるを得なかった。

「大判が原因《もと》で鮭になったとすれば、長沼将監さまの犯した罪は重い。家ではなく、人が多く通る橋を選んで首を縊ったのは、ささやかな抵抗の証《あか》しだったのかもしれぬ。ただな、さような真意は誰も知らぬ。憐れなものよ。莫迦をみるのは、いつも地道にがんばってきた市井《しせい》の連中だ」

喋りすぎる男は、いずれ近いうちに引導を渡される。

蔵人介が睨みつけると、さすがに桜木は口を噤《つぐ》んだ。

それにしても『甲州屋』の件は聞き捨てならぬはなしだ。

長沼将監という名を、蔵人介は怒りの燻った胸に刻みつけた。

三

宗次郎にはかつて、本気になった相手があった。

吉原の大見世で御職《おしょく》を張った花魁、夕霧である。

絶世《ぜっせい》の美女と評され、教養の高さでも群を抜いていた。そんな夕霧に宗次郎はなぜか惚れられ、一時は間夫《まぶ》のようにふるまったこともあったが、年季《ねんき》明けの近づいた夕霧を身請《みう》けする決心がつかず、迷っているあいだに掠《かす》めとられてしまった。

二年前のはなしだ。夕霧は金満家《きんまんか》として知られる薬種問屋《やくしゅどんや》の隠居に見初められ、妾《めかけ》となるべく一千両もの樽代《たるだい》で身請けされた。吉原に暮らす女たちなら誰もが羨む成功譚《たん》であったし、宗次郎も表向きは祝福してやった。胸の裡では「掠めとられた」と歯噛みしつつも、満面の笑みで大門《おおもん》から送りだしてやったのだ。

そのとき、夕霧に投げつけられたひとことが忘れられない。

――意気地《いくじ》なし。

さよう、おれは意気地なしだった。

おなごひとり幸福にする甲斐性《かいしょう》もない。

貧乏でもいっしょに暮らしていこうと、正直に告げる勇気がなかった。

勇気を出して告げていれば、夕霧にはうなずく用意ができていたにちがいない。

わかっているのに、どうして言ってくれないの。

それは悲しみや情けなさや憤りや、いろんな気持ちがないまぜになり、化粧《けわい》を落とした花魁の白い喉から絞りだされたことばだった。

――意気地なし。

あのひとことを聞いたせいで、二度と逢わぬと誓った相手をきっぱりと忘れ去ることができない。ほかの遊女と添い寝する気にもなれず、廓からは足が遠のいた。柳橋や深川の芸者遊びもいっこうに楽しくないし、深酒をして管《くだ》を巻いては他人に迷惑ばかり掛けている。

宗次郎は夕霧への未練を引きずりながら、鬱々《うつうつ》とした日々を送っていた。

幼馴染みの佳奈と市中でばったり出会《でくわ》したのは、ちょうどそんなときだった。

志乃が町娘たちに行儀作法を指南することになり、手伝いをしてくれる武家娘を捜していると聞いていたので、邂逅《かいこう》の懐かしさも手伝ってそのはなしを持ちかけた。

兄の大吉にも相談を持ちこみ、快諾《かいだく》を貰ったのだ。

ところが、行儀作法指南の後ろ盾となった日本橋の呉服屋が勘定奉行長沼将監の宴席を仕切ったことで、はなしが妙な方向へ転がってしまった。あろうことか、佳奈は長沼に見初められ、兄の出世と引換に側室にならぬかと誘われた。

宗次郎は責めの一端を感じつつ、薄闇に包まれた大川端《おおかわばた》へやってきた。

夜風が優しく吹きぬける土手下には、大勢の男女が集まっている。

みつめる眼差しのさきでは、精霊流《しょうろう》しがおこなわれていた。

盂蘭盆会《うらぼんえ》の終日は藪入りの日でもある。

陽の高いうちは大吉と佳奈と連れだって蔵前天王町《くらまえてんのうちょう》の華徳院《かとくいん》へ詣《まい》り、高さ一丈六尺の閻魔《えんま》像を拝んだ。夕暮れはわざわざ青山《あおやま》まで足を延ばし、百人町に林立《りんりつ》する名物の星灯籠《ほしどうろう》を眺めてきた。

そして、赤坂《あかさか》から溜池《ためいけ》、虎ノ門《とらのもん》と経由して数寄屋《すきや》橋にいたり、京橋川《きょうばしがわ》沿いに本《ほん》八丁堀《はっちょうぼり》を東に向かって霊岸島《れいがんじま》へと渡った。さらに、酒蔵の並ぶ新川《しんかわ》に沿って進み、大川端までやってきたのだ。

これほど歩いたのは何年ぶりだろう。

三人は行くべき道を探しながら、へとへとになっても歩きつづけた。

「宗次郎、つきあってくれてありがとうな」

大吉が汗まみれの顔を向けてくる。

「水臭いことを抜かすな」

怒ったように言うと、佳奈が晴れやかな顔で言った。

「兄上、宗次郎さま。わたし、決心いたしました。長沼さまのもとへまいります」

晴れやかな顔が次第にくずれ、泣き顔になってしまう。

「……か、佳奈、佳奈よう」

大吉はたまらず、男泣きに泣きはじめた。

「……す、すまぬ。ほんとうに、すまぬ」

「兄上、謝らないで。そんなふうに泣かれたら、未練が残ってしまいます」

「……そ、そうだよな。すまぬ、佳奈」

宗次郎は横を向き、ふたりに涙をみせまいとする。

斜め前方には永代橋《えいたいばし》が山嶺《さんれい》のように聳《そび》えており、大きく口を開けた暗闇に向かって無数の精霊が吸いこまれていった。

夢のような光景を眺めながら、宗次郎は途轍《とてつ》もない淋しさを感じた。

今宵を境に、三人は別々の道へと歩みだす。

それは無邪気に遊んだ幼い日々との決別を意味していた。

明日からは、思い出のなかに相手の面影を探す日々がはじまるのだ。

夕霧と同じように、佳奈もまた手の届かないところへ行ってしまう。それをおもうと、宗次郎は魂を吸いとられたような虚しさに苛《さいな》まれた。

「宗次郎さま、一度くらい笑ったお顔をおみせくだされ」

佳奈が袖を摑み、にっこり笑いかけてくる。

笑いかえそうとしても、うまくいかない。

夕霧と別れてから、笑うことすら忘れていた。

「ぷっ」

佳奈のほうが吹きだしてしまう。

「何が可笑《おか》しい」

「だって、宗次郎さまも兄上と同じだから」

「大吉とどこが同じなものか」

「いいえ、おふたりとも不器用すぎるから、何だか可笑《おか》しくて」

宗次郎は意地になり、どうにか笑おうと努力する。

そのすがたが大吉の笑いを誘い、いつのまにか、宗次郎自身も腹を抱えて笑いはじめた。笑いながらも、涙がこぼれて止まらない。

「もう泣かないで。別れても心は繫がっている。だから、わたしは淋しくないし、恐くもない」

決然と発する佳奈が、宗次郎には眩《まぶ》しすぎる。

川面に揺れる精霊は淡い光の粒となり、いつまでも暗闇を照らしつづけていた。

四

半月後。

葉月《はづき》になった。

江戸は大風に煽られている。

「野分《のわき》め」

串部は髷を押さえ、渦巻く土埃《つちぼこり》から顔を背《そむ》けた。

日本橋の大路を行き交う人々は裾を押さえ、急ぎ足で軒から軒へ逃れていく。

「殿、このような大風の日でも行儀指南はございますのか」

「ある。養母上が風ごときでお止めになるはずがない」

「まあ、そうですな。つきあわされた奥方さまも難儀《なんぎ》なことで」

「いいや。幸恵は存分に楽しんでおるようでな、近頃は肌の色艶が一段とよくなった」

「なれどいったい、おふたりは町娘たちにどのようなことを教えているのでございましょう」

「お辞儀や言葉遣いにはじまって、着物の着こなしから茶道や花道、あるいは書や和歌などもあるかもしれぬ」

「なあるほど。それだけのことをまとめて身につければ、嫁の貰い手には困らぬというわけでござるな」

「おっと、だいじなものをひとつ忘れておった」

「何でござりましょう」

「料理さ。味噌汁の味つけひとつで嫁の価値は決まるというしな」

「大奥さまと奥方さまとでは、味付けに濃淡《のうたん》の差がござりましょう」

「無論、矢背家は上方風の薄味よ。薄味に馴染むまで、幸恵はかなり苦労したらしいがな」

ふたりは志乃と幸恵の後ろ盾となっている『丸越屋《まるごし》』までやってきた。

薬種問屋の並ぶ日本橋本町三丁目のまんなかに、やたらに敷居の広い呉服屋はある。

大風にもかかわらず、見世を素見《ひやか》す客のすがたはちらほらあった。

「裏庭に面した離室《はなれ》を貸してもらっているそうだ」

「さすれば、そっちの脇から勝手口へ抜けましょう」

「ふむ」

狭い脇道を抜けていくと、途中から女たちの奇声が聞こえてくる。

「しぇええ」

それだけではない。

――びん。

弦音《つるおと》につづいて、矢が的に当たったとおぼしき音もする。

串部と顔をみあわせ、蔵人介は首をかしげた。

ともあれ、勝手口を抜けて裏庭へ出てみる。

目に飛びこんできたのは、白鉢巻《しろはちまき》と白襷《しろだすき》を掛けた町娘たちだった。

手前のほうでは志乃が薙刀を教え、奥のほうでは幸恵が弓を弾かせている。

今や、呉服屋の裏庭は道場と化していた。

蔵人介は顔をしかめ、手ずから形《かた》を教える志乃のそばへ歩みよる。

「養母上、ただいま参上いたしました」

「ん、おう、来たか。何用じゃ」

「ご自分で呼びつけておいて、それはないでしょう」

「おう、そうであった。幸恵さん、ご主人の惣太夫《そうだゆう》どのをここへ」

「はい」

幸恵はほどなくして、小太りの主人を連れてきた。

「大奥さま、何かご用でござりましょうか」

「惣太夫どの。あれにあるは矢背家の当主、蔵人介にござります」

「ほほう、それはそれは。矢背さま、ささ、どうぞ、こちらへ」

惣太夫は床に額《ぬか》ずいて挨拶し、庭全体を見渡すことのできる縁側へ招く。

機転の利く丁稚《でっち》小僧が茶を出してくれた。

風は少しおさまったが、それでも、庭の草木は狂わんばかりに揺れている。

そうしたなか、白鉢巻の娘たちは嬉々《きき》として薙刀をふるっていた。

幸恵のほうも蔵人介に黙礼しただけで、弓の指南に戻ってしまう。

——びん、びん。

という弦音を聞きながら、志乃は蔵人介に向かって惣太夫を詰《なじ》りはじめた。

「この主人め、とんでもないことをしでかしてくれたのだわ。蔵人介よ、宗次郎が連れてきた高橋佳奈という武家娘は存じておるか」

「ええ、まあ」

蔵人介は佳奈と一度だけ会っていた。城からの帰路、宗次郎といっしょに歩いているのを見掛けたのだ。「宗次郎さまがお世話になっております」と古女房《ふるにょうぼう》のような口調で挨拶され、いささか面食らったのをおぼえている。宗次郎はそのとき、きまりわるそうに顔を赤くしていた。

「気立《きだ》ての良さそうな娘御でござりましたな」

「さよう。幸恵さんもたいそう頼りにしておったのじゃが、何やら拠所《よんどころ》ない事情とやらで見世に来られぬようになった。惣太夫どのが事情をご存じのようなので、さりげなく聞いてみると、七夕の宴席で佳奈どのに御勘定奉行の酌をやらせたという。わたしのあずかり知らぬことじゃ。御勘定奉行は一目で佳奈どのを気に入り、是非とも側室に迎えたいと内々に使者を送ってきたとか。拠所ない事情とはそれでな、わたしは何やら胡散《うさん》臭いものを感じたので、吾助を使ってちと御勘定奉行を調べさせてみたのじゃ。するとな、眉をひそめたくなるようなはなしが出てきた」

「ほう、それは」

「二年前のことじゃ。城普請のおり、御勘定方の佐橋《さはし》某が大工頭《だいくがしら》とはかって不正をおこなったとの噂が出た。それを聞いた御奉行は佐橋某の言い分も聞かず、山流しのご沙汰を下したという。これを不服として、おのれの潔白を証明すべく、佐橋某は役宅の門前で腹を切ったのじゃ」

甲州勤番への配転は、あきらかな左遷を意味する。幕臣のあいだでは「山流し」と呼ばれ、忌避《きひ》されていた。

「つまり、佐橋某はおのれの命と面目を天秤に掛け、武士らしく面目のほうを取ったというわけでござりますな」

「ふむ。そのような立派な心懸《こころが》けの者が不正などはたらくものか。非は安易に噂を信じた御奉行にある。ところが、御奉行は潔く非を認めるどころか、腹を切った佐橋に横領《おうりよう》の濡《ぬ》れ衣《ぎぬ》を着せ、名実ともに家ごと葬ったそうじゃ」

腹の立つはなしだ。

蔵人介はちらりと惣太夫に目を向けた。

すかさず目を逸らすところから推すと、その逸話を知っていたにちがいない。

「さよう。惣太夫どのは御奉行の人となりを存じていながら、佳奈どのとの橋渡し役を買ってでたのじゃ」

「大奥さま、こちらから買ってでたわけではござりませぬ。どうしてもとお願いされ、詮方なく口添えをしたのでござります。それに、御勘定奉行さまは、今や飛ぶ鳥をも落とす勢いのお方、ご側室にと所望《しょもう》されたら喜んでお受けしてしかるべきかとおもいましてな」

「ふん、それは勝手なおもいこみじゃ。人というものは、勢いのあるときにこそ気をつけねばならぬ。増長《ぞうちょう》してまちがいを起こしかねぬからじゃ」

「申しわけござりませぬ。大奥さまにお諭しいただき、ようやく自分の愚かさに気づきました」

「もうよい。やってしまったことに文句をつけるのはよそう。ただな、わたしは心配でならぬのじゃ。佳奈どのは気立てのよい娘であった。あの娘が不幸になるすがたを、みとうない。杞憂《きゆう》かもしれぬが、どのような暮らしぶりをなさっておるのか、確かめたいとおもうてな」

「それで、わたしに何をせよと」

口を尖らせる蔵人介に、志乃はぐっと顔を近づけた。

「橘右近さまにでも、御奉行の様子を聞いてはくれまいか」

「さような私事《わたくしごと》を、役料四千石の御小姓組番頭に聞けと仰る」

「やはり、無理か」

棘《とげ》のある眸子《まなこ》で睨まれ、蔵人介は溜息を吐いた。

「かしこまりました。橘さまとは言わず、拙者のほうでちと調べてみましょう」

「ん。それでこそ矢背家の当主じゃ」

都合の悪いときだけ、当主を持ちだす。

厄介な養母だ。

志乃は声を押し殺した。

「もうひとつある。宗次郎のことじゃ」

「宗次郎がどうかしたので」

「それなりの待遇で抱えてもらえる目途《めど》がつきそうじゃ」

「えっ」

「加賀前田家《かがまえだ》の番方《ばんかた》よ。しかも、組頭待遇ぞ。どうじゃ、なかなかよいはなしだとはおもわぬか」

蔵人介は黙った。

返事のできない理由がある。

今まで秘密にしていたその理由を、ついに告白すべきときがきたのかもしれない。

もちろん、志乃だけではなく、本人にも教えておくべきだろう。

もはや、二ノ丸には将軍の世嗣《せいし》と定まった政之助《せいのすけ》がいる。虚弱な身ではあるが、元服も済ませたことだし、宗次郎が継嗣《けいし》争いに巻きこまれる恐れはほぼなくなった。蔵人介は荷の重さを痛感しながらも、そんなふうにおもった。

志乃が首をかしげる。

「そう言えば、佳奈どのに恋慕《れんぼ》した御勘定奉行の名、教えておらなんだのう」

「はあ」

「長沼将監さまじゃ。おぬしも城中で面識くらいはあろう。御勝手巧者《おかってごうしゃ》でな、銭勘定は得手らしいが、山《やま》っ気《け》があるとも聞く」

志乃が口にした名を反芻《はんすう》すると、浜御庭で桜木兵庫の言った台詞が蘇ってくる。

——大判が原因で鮭になったとすれば、長沼将監さまの犯した罪は重い。

胸に燻《くすぶ》った怒りに、ぽっと火が点《つ》いたように感じられた。

五

床の間の花瓶には、底紅の白い木槿《むくげ》が挿してある。

蔵人介は覚悟を決め、いつになく深刻な顔で畳に座っていた。

　ふだんはあまり使わない客間に志乃と幸恵を招いたのは、はなしを聞くほうも事前に覚悟を決めてもらうためでもある。ふたりのほかに宗次郎も呼んであったので、勘の良いふたりは宗次郎に関わる重大事だと察してくれるにちがいない。

　しかも、木槿を背にした上座には、宗次郎を座らせている。

　志乃と幸恵はあからさまに「妙だな」という顔をしていた。

　こほんと空咳《からせき》をひとつ放ち、蔵人介がおもむろに喋りだす。

「ご存じのとおり、拙者は今は亡き隣家の望月左門さまから、次男の宗次郎を託されました。そのおり、時期が来るまで口外まかりならぬと厳命された秘密がひとつございます。もはや、秘しておくこともなかろうと判断し、それを今からおはなし申しあげたいと存じまする」

「もったいぶるでない」

　と、志乃が口を挟む。

　蔵人介は、ふうっと息を吐いた。

「されば、単刀直入に申しあげましょう。上座におわす望月宗次郎さまは、公方さまの御落胤《ごらくいん》であらせられまする」

「何じゃと」

志乃は目を剝《む》き、幸恵はことばを失う。

宗次郎はむっつり黙ったまま、平伏する蔵人介を睨みつけた。

「数々のご無礼、平《ひら》にご容赦願いたいと存じまする。されど、望月左門さまから託されたときは世嗣争いのまっただなか、よからぬ者たちも暗躍しておったがために、真実を告げるわけにはまいりませなんだ」

喋っていて、どうも居心地が悪い。

聞いているほうも同じ気持ちのようで、宗次郎は尻を浮かせて上座から離れたがる。

「座る位置など、どうでもよいわ」

びしっと、志乃が叱りつけた。

「宗次郎が何者であろうと、わたしはどうでもよい」

やにわに、懐中から細紐を取りだし、端を啣《くわ》えて素早く両袖を襷掛けに縛る。

「みなのもの、従《つ》いてきやれ」

志乃は発するや敢然《かんぜん》と立ちあがり、襖障子を開けて廊下に飛びだした。

そして、裸足《はだし》のまま庭へ舞いおり、腹の底から気合いを発する。

――きぇええ。

一丁四方にすら届かんとするほどの大声だ。

裾をたくしあげ、指示を繰りだす。

「宗次郎、木刀を持て」

「えっ」

「早《はよ》うせい」

「は」

宗次郎はお辞儀をし、稽古道具の仕舞ってある納戸へ踏みこむ。

木刀二本を手にするや廊下へ戻り、裸足のまま庭へ舞いおりた。

「寄こせ」

「は」

志乃は木刀を一本ひったくり、いきなり素振りをはじめる。

「やっ、たっ……ほれ、まねをせぬか」

「はあ」

宗次郎は間の抜けた気合いを発し、木刀を振りはじめる。

「腰がはいっておらぬぞ。おぬし、それでも甲源一刀流の免許皆伝《かいでん》か」

志乃は素振りをしながら近づき、宗次郎の肩口を力任せに打った。

「あたりまえじゃ。この程度の打ちこみは避《さ》けよ。避けることができぬのなら、弾きかえせ。そい……っ」

さらなる強烈な打ちこみを受けそこない、宗次郎は痛みに顔をゆがめる。

「痛っ」

志乃は容赦しない。

鬼の形相《ぎょうそう》で打ちこむすがたを、蔵人介と幸恵は廊下で啞然《あぜん》とみつめていた。

「立て。口惜しければ、打ちかえしてこぬか。ほれ、腰抜けめ。侍をやめたくば、やめるがいい。おぬしのごとき腑抜《ふぬ》けは、侍などに向いておらぬ。廓の忘八《ぼうはち》にでもなって、一生、おなごの尻でも追いかけておれ」

「くそっ」

宗次郎の額に青筋が浮かんだ。

木刀を大きく振りかぶり、志乃に対峙する。

「そうじゃ。怒れ。怒りを木刀に込め、おもいきり打ちかかってくるのじゃ」

「いえい……っ」

上段の一撃が白髪の丸髷に打ちおろされる。

これをひらりと躱し、志乃は胴抜きの一本を取った。

「脇が甘い。おぬしはいつもそうじゃ。ほれ、打ってこぬか」

「ぬおっ」

鋭い突きが繰りだされても、志乃はひらりと躱す。

逆《さか》しまに肩や胴を打ち、骨の軋《きし》むような痛みを相手に与えた。

宗次郎は必死の抵抗をこころみたが、ことごとく打ちかえされ、仕舞いには臑をしたたかに打たれて、その場に這いつくばるしかなかった。

「情けないの」

志乃は木刀を放り、ゆっくり身を寄せて膝を折る。

そして何も言わず、宗次郎の痛んだ肩を抱きしめた。

「えっ」

宗次郎は驚いたように目を瞠《みは》り、顎を持ちあげる。

志乃はさきほどとは打ってかわって、優しい口調で語りかけた。

「出生《しゅっしょう》など忘れよ。おまえが誰の子であろうと、わたしは今までどおりに接する以外にない。いいえ、今日からはわが子として厳しく接しよう。覚悟いたすがよい」

宗次郎の目に涙がじわりと滲んでくる。

幸恵の目にも光るものがあった。
志乃はにっこり笑いかけ、みずから打ちこんだ傷跡を撫《な》でてやる。
蔵人介は何やら羨ましかった。
自分もあんなふうに優しくしてもらいたい。
柄《がら》にもなく、そんなことをおもった。

六

葉月十五日、夕刻。
ひと月前に三人で逢った霊岸島の大川端で、宗次郎は大吉と再会した。
――八ツ半　精霊流しのところで
と綴られた文を文使いに貰っていたからだ。
善良な老若男女が集まり、亀や鰻《うなぎ》を川に放している。
今日は鳥や魚に功徳《くどく》を与える放生会《ほうじょうえ》なので、川筋は大勢の人で賑わっていた。
気の早い者は中秋《ちゅうしゅう》の名月《めいげつ》に備え、薄《すすき》や秋の七草で飾られた屋形船を繰りだしている。

月代を青々と剃《そ》った大吉は、窶《やつ》れきっているようにみえた。

勘定所の組頭に昇進し、気苦労が絶えないのだろうか。

小普請のほうが気楽でよかろうと言いかけ、宗次郎は黙りこむ。

大吉が大儀《たいぎ》そうに口をひらいた。

「わしは辛い。毎朝、常盤橋《ときわばし》の御門をくぐるのが辛い」

「何を言う。常盤橋御門内の勘定所へ通うのが、おぬしの夢ではなかったのか」

「そうだった。でもな、通ってみるとそこは、毒水《どくみず》を啜った連中の溜まり場さ」

「何があった」

「詳しくは言えぬ。言っても、宗次郎にはわかるまい。わしは御奉行の長沼さまから密命を与えられ、汚れ役をやらされている」

「汚れ役だと」

「ああ、御奉行は公金《こうきん》を小豆相場に投じておった。歴代の御勘定奉行は誰もがやっていたことだと仰せになり、公金運用の一環としてかなりの額を投じたのだ。されど、妙だとおもって内々に調べてみると、相場に投じられた金は公金ではなかった。御奉行の持ち金さ。しかも、大判を暴落する寸前に売りきったことで得た利益だった」

大吉はことばを切り、川端に咲いた曼珠沙華《まんじゅしゃげ》に目をやった。

「いつぞやか、不忍池の料理茶屋で蓮飯を食った帰り、三枚橋にぶらさがった印伝屋の夫婦をみたであろう」

「ああ、みたな」

「あれは甲州屋与平《よへい》と内儀のおつただ。両替商の大黒屋豪徳《だいこくやごうとく》に長沼さまの大判三十枚を三百両で買わされ、資金繰りに行きづまって首を縊ったのだ。大黒屋が裏帳簿をつけておってな、わしは組頭の権限でそいつを入手し、詳細に調べた。ほかにも大黒屋に騙され、見世をたたまざるを得なかった商人は何人もあった」

悪徳両替商の大黒屋が奉行の紐付きであることはあきらかだ。

抱えこんだ大判を売りきっておかねば、長沼が立ちなおれぬほどの借金を抱えることは目にみえていた。

「苦肉の策でもあったわけさ。なれど、大判を買わされた者のなかには死人《しびと》まで出た。印伝屋夫婦のことを、おそらく、長沼さまはご存じあるまい。すべて大黒屋任せであったからな。されど、ご存じないからといって、責めを負わずに済むのだろうか」

宗次郎の頭には、鮭になって橋からぶらさがった老夫婦が浮かんでいた。

誰がどう考えても、長沼将監が殺したも同然ではないか。

「わしが裏帳簿を調べたと知り、さっそく、用人頭の角中さまが脅しを掛けてきた。余計なことを喋ったら妹の命はないぞと脅され、甲州街道に点在する宿場の絵図面を束で渡された。御奉行は小豆相場で大損をしてな、膨大な損を穴埋めするために裏金《うらがね》を作らねばならなくなった。絵図面はそのためのものさ」

「どうやって、裏金を作るのだ」

「簡単に言えば、甲州街道のどこかで大きな道普請をおこなったことにする。筆を舐めて数を上乗せし、御金蔵から普請の規模に応じた公金を引きだす。そこで登場するのが大黒屋さ。小金を稼ぎたい黒鍬者《くろくわもの》の元締めにはなしを入れ、かたちばかりの普請をやらせる。そいつらに手間賃として払ったぶんの残りは、御奉行のもとへ密かに戻させるというからくりだ」

「まさか、そんなことができるのか」

「長沼さまは道中奉行《どうちゆうぶぎよう》も兼ねておられるからな、引きだした公金の使い道が表《おもて》沙汰《ざた》になることはない」

大吉はまさに、とんでもない悪事の片棒を担がされようとしている。

一も二もなく公儀に訴えねばならぬところだが、佳奈を人質に取られているかぎり、下手なことはできない。

そもそも、佳奈は無事なのだろうか。

「わからぬ。佳奈はいったい、どうしておるのか」

側室になってからは向島《むこうじま》の別宅に囲われているという。

「なあ、宗次郎。わしはいったい、どうすればよい」

妹の命を犠牲にしてでも、勘定奉行の不正を訴えるべきかどうか。

宗次郎にこたえられるはずもない問いかけを、大吉はまた繰りかえす。

「くそっ、こんなことになるなら、佳奈の頰を叩いてでも止めておくべきだった」

今さら言っても詮《せん》無いことを、宗次郎は吐きすてる。

「どうしたらよい、なあ」

大吉の虚しい問いかけは、波紋のように繰りかえされては消えていく。

風に揺れる曼珠沙華の様子が、死の淵へ誘いこむ死人の手招きにみえた。

「長沼将監の別宅は、向島だと言ったな」

「ああ」

「そいつはどこだ」

「秋葉《あきば》権現の北隣さ。まわりに田圃《たんぼ》しかない淋しいところだ。訪ねても無駄だぞ」

「どうして」

「兄のわしでさえ会わせてもらえんのだ。訪ねても無駄足になる」

「ふん、そういうことか」

「ああ、そういうことだ」

大吉は川面に目をやり、放流されて懸命に泳ぎはじめた亀をみつめた。

「いっそ、亀にでもなりたいものよ。川に放された亀のほうが、わしよりもはるかに幸福かもしれぬ。宗次郎、わしが死んだら仇を討ってくれとは言わぬ。ただ、ひとつだけ頼みを聞いてくれ」

「何だ」

「これを」

そう言って、大吉は丸めた奉書紙を取りだした。

「御勘定奉行の悪事をこれに綴った。署名もしてある。わしが死んだら、目安箱にでも投じてくれ」

「ちっ、おぬしが死ぬものか」

友の痛みは、自分の痛みでもある。

宗次郎は奉書紙を頑《がん》として受けとらなかった。

七

大吉と別れたその足で、宗次郎は向島に向かった。

月見の夜だけに舟を借りるのは難しく、永代橋を渡って深川にいたり、満月を背負いながら墨堤《ぼくてい》をひたすら歩くしかなかった。

「くそっ」

平常《ふだん》の稽古不足を呪いつつ、鉛のような足を引きずった。

新大橋《しんおおはし》、大橋と越え、吾妻橋《あづまばし》も過ぎると、ようやく、めざす向島は近づいてくる。

水戸屋敷のさきで右手の道に曲がり、月明かりを案内に立てながら海鼠塀《なまこ》に沿って東へ進む。月が叢雲《むらくも》に隠れるとあたりは漆黒になりかかわり、山狗《やまいぬ》の遠吠えがやけに大きく聞こえてきた。

それでも、田圃のなかの一本道を進めば秋葉権現に通じることは知っていたので、宗次郎は汗だくになってさきを急いだ。

しばらく進むと、秋葉権現の鳥居がみえてきた。

物《もの》の怪《け》が出そうな境内《けいだい》を突っきり、北門から外へ出る。

足を踏みだしたさきは幅の広い堀川に囲まれた一画で、なるほど、古びた風情の武家屋敷がぽつねんと建っていた。

「待っておれ、佳奈」

その一念でやってきた。

あとさきのことなど、考えている余裕はない。

ともあれ、力ずくでも救わねばならぬと、直感が囁いていた。

「急ごう」

宗次郎は空を見上げた。

煌々《こうこう》と輝く月が恨めしい。

それでも外周をぐるりとまわり、塀を越えられそうなところはないかと探す。

「ん」

手頃な高さの木が立っていた。

苦労してよじ登り、塀のうえに飛びうつる。

「幸先《さいさき》がよいな」

塀から飛びおり、地べたに転がった。

起きあがったところは、垣根に囲まれた裏庭の外だ。

「うっ」
強烈な臭気に鼻をつかれた。
すぐ脇に厠がある。
母屋《おもや》は近いにちがいない。
頭が次第に冴えてきた。
裏木戸のところへ戻り、閂《かんぬき》を抜いておく。
さらに、大刀を鞘ごと抜き、門の脇に立てかけた。
佳奈を負ぶって逃げることになったら、大刀が邪魔になる。
そうおもったのだ。
一尺二寸の脇差だけを帯に差し、身軽になって母屋を探す。
垣根の狭間に簀戸《すど》があり、そっと抜けると裏庭へ出た。
「あれだな」
庭に面して、母屋が建っている。
縁側には月見の三方《さんぼう》もみられず、しんと静まりかえっていた。
すだく虫の音すら聞こえてこない。
いや、人の気配は確かにある。

雨戸は閉まっていなかった。
宗次郎は足音を忍ばせ、縁側の奥に目を凝らす。
閨《ねや》らしき部屋には、青蚊帳《かや》が吊られていた。
蚊帳のなかに、人影が蠢いている。
「佳奈か」
宗次郎は裾を端折《はしよ》り、滑るように迫った。
「佳奈、佳奈」
我を忘れ、名を口走る。
蚊帳が揺れ、人影が近づいてきた。
やはり、佳奈だ。
うっと、息を呑む。
別人のようだ。
眸子は落ち窪み、頰は痩《こ》け落ち、見る影もなく痩せている。
まるで、幽鬼《ゆうき》ではないか。
「佳奈」
必死に駆けより、片足を縁側に引っかける。

刹那、強烈な光を浴びせかけられた。

「ぬわっ」

龕灯《がんどう》の光だ。

「くせもの」

叫び声とともに、刃風が唸りあげた。

——ぶん。

胸を反らし、どうにか避ける。

その拍子に平衡《へいこう》を失い、宗次郎は尻餅をついた。

「囲め、囲め」

三つの人影が廊下から舞いおりてくる。

手練《てだれ》の用人たちだ。

「けえ……っ」

ひとりが上段から斬りつけてきた。

宗次郎は脇差を抜き、反撃に転じる。

「うっ」

相手が前のめりに倒れた。

得手とする脇胴がきまったのだ。

「殺すな。傷を負わせて捕らえよ」

牛のような体軀《たいく》の男が、もうひとりの狐顔に命じた。

さきほど斬ったひとり目は、腹を押さえて呻《うめ》いている。

手当が早ければ、死ぬことはあるまい。

手加減したわけではないが、それだけはわかった。

「つおっ」

狐顔が青眼《せいがん》から突いてくる。

「うぬっ」

躱すことができず、左腕を削られた。

すでに、宗次郎は肩で息をしている。

日頃の鍛錬不足を悔やんでも遅い。

「わしに任せろ」

牛が前面に出てきた。

大刀と脇差も抜き、片手持ちに両刀を掲げる。

牛の角だなと、宗次郎はおもった。

もしかしたら、用人頭の角中丑之助かもしれない。
丸太のような二の腕をみつめ、宗次郎は死を覚悟した。
「ねりゃ……っ」
誘いの初太刀は、長い大刀のほうだ。
喉を狙って突いておきながら、ほぼ同時に脇差で斬りつけてくるはずだ。
頭では手順がわかっていた。
だが、からだを上手く反応させる自信はない。
――ずばっ。
大刀で袈裟懸けに斬られた。
おもったとおり、太刀筋は鋭い。
相手が手加減したぶん、致命傷とはならなかった。
だが、傷はけっして浅いものではない。
「鼠め、正体を明かせ。素直に吐けば、苦しまずに死なせてやる」
牛が重々しく問いかけてくる。
と、そのとき。
蚊帳の内から、か細い声が聞こえてきた。

「……に、逃げて。早く逃げて」

佳奈だ。

牛と狐が振りむいた隙に、宗次郎は踵を返す。

「待て。逃がすな」

狐が摺《す》り足で追ってきた。

宗次郎は簀戸《すど》を抜け、厠の脇を走る。

なぜ、逃げる。

なぜ、佳奈を置いて逃げるのだ。

自問自答しながらも、足が止まらない。

死にたくはなかった。

死に神をみた途端、そうおもったのだ。

「待て、下郎《げろう》」

狐が背後に迫った。

「ぬわっ」

宗次郎は躓《つまず》いて倒れこむ。

後ろを向き、尻で後退《あとずさ》りしながら脇差を振りむけた。

「いやっ」

狐が横薙ぎに刀を払う。

――きいん。

脇差は宙へ弾かれた。

「そこまでだ。悪あがきは止めよ」

さらに、尻で後退りする。

ごつっと、後ろ頭が塀にぶつかった。

左手を伸ばした位置に、大刀がある。

宗次郎は渾身《こんしん》の力を込め、摑んだ大刀を抜きはなった。

――ぶん。

横に払う。

「ふえっ」

狐が驚いた顔をする。

ぱっくり裂けた下腹から、夥《おびただ》しい血が噴きだしてきた。

「ぬおおお」

狐は絶叫し、仰向けに倒れていく。

宗次郎は返り血も避けず、刀を支えにして裏木戸を潜りぬけた。

おのれの血を撒《ま》きちらし、ふらつきながらも駆けはじめる。

「……す、すまぬ。すまぬ」

朦朧《もうろう》となりゆく意識のなかで、宗次郎は佳奈の面影を求めつづけた。

八

二日後の夕刻、市ヶ谷御納戸町。

露地裏から、涼しげな声が響いている。

「ところてんや、てんや」

ひと声半で売りあるく心太屋の売り声だ。

矢背家の面々は、生死の境をさまよう宗次郎を見守っていた。

血止めの効能がある弟切草《おとぎりそう》の葉を何枚使ったかもわからない。

蔵人介と志乃は医術に心得があり、町医者よりも役に立つ知識を持っているので、自分たちでやれるだけのことはやった。

正直、これだけの深傷《ふかで》を負いながら、よくぞ生きてもどってきたと褒めてやるべきだろう。

宗次郎は舟と駕籠を使って御納戸町までたどりつき、血だらけのすがたで表口に倒れこんだ。蔵人介と志乃は冷静に対応し、褥《しとね》に寝かして傷口の消毒と縫合を手際よく済ませると、あらゆる薬草を煎《せん》じて呑ませ、幸恵ともども寝ずの看病をつづけている。

宗次郎は高熱を発して苦しんでいたが、ここにきてようやく熱も引いてきた。

「峠は越えたようじゃ」

ほっと溜息を吐く志乃は、さすがに疲れの色をみせて言う。

いまだ予断は許さぬ情況だが、一命はとりとめたにちがいない。

蔵人介は休むようにすすめたが、志乃は腰をあげようとしなかった。

「譫言《うわごと》で『佳奈、佳奈』と繰りかえしておったな。もしかしたら、佳奈どのとの関わりでこうなったのやもしれぬ」

おそらく、志乃の言うとおりであろう。

蔵人介もすぐに察し、串部に命じて宗次郎の足取りを追わせていた。

すでに、側室となった佳奈が暮らす別宅の所在は把握している。

それだけではない。長沼将監には側室がほかにふたりあり、いずれも病に冒されていることもわかっていた。しかも、本妻は一年前から実家へ戻っている。はっきりとした事情はわからないが、使用人への聞きこみなどから、夫である長沼の折檻《せっかん》が原因ではないかと憶測された。

おなごに手をあげる癖《へき》があるのだとすれば、佳奈も無事ではないかもしれない。もしかしたら、宗次郎は佳奈を救うべく別宅に忍びこみ、屋敷を守る用人に斬られたのではあるまいか。

そこまで推察できていながらも、志乃には伝えまいと蔵人介はおもった。

勝手に動かれると厄介だからだ。

日没となり、串部が平目顔の侍を連れて戻った。

「宗次郎、宗次郎」

玄関先で叫ぶのは、蒼褪《あおざ》めた顔の高橋大吉である。

志乃が廊下にあらわれ、串部に厳しい口調で問うた。

「何やつじゃ」

「は、佳奈どのの兄上をお連れいたしました」

「ふん、蛍侍か」

志乃は小莫迦にしたように吐きすて、大吉を内《なか》へ入れようとしない。

「なにゆえ、そやつを連れてきたのじゃ」

「は、宗次郎さまが深傷を負ったのは、ご自分のせいだと仰るもので」

串部は別宅の周囲を探っているとき、挙動不審な大吉をみつけた。勘がはたらいて声を掛けてみたら、佳奈の兄であることがわかったという。

志乃は身を乗りだした。

「おぬし、事情を知っておるのだな」

こっくりうなずく大吉は、ようやく、宗次郎の眠る離室へ通された。

「……そ、宗次郎……す、すまぬ。わしのせいで、こんなことに」

「高橋どの、宗次郎はまだ目を醒《さ》まさぬ」

怒りのおさまらぬ志乃を制し、蔵人介が聞き役にまわった。

「さっそくだが、こうなった経緯を教えていただきたい」

「はい」

大吉は気を取りなおし、大川端で宗次郎と交わした内容を包み隠さずに語った。

おかげで、長沼将監の許しがたい不正の数々と、高橋兄妹の置かれている苦境がわかった。

「御奉行の別宅が向島のどこにあるのか、宗次郎は執拗《しつよう》に問うておりました。佳奈を救いだすために別宅へ忍びこんだにちがいありません」

「おぬしも忍びこもうとして、別宅へ向かったのか」

志乃に問われ、大吉はうなだれた。

「されど、拙者にはできませなんだ」

串部がすかさず口添えをする。

「長沼家用人頭の角中丑之助は、二天一流《にてんいちりゅう》の達人にござります」

「二天一流と申せば、宮本武蔵《みやもとむさし》じゃな」

咄嗟に応じた志乃は、家宝の「鬼斬り国綱」を取りかねぬほどの殺気を放つ。

「大奥さまの仰るとおり、角中は『角牛《つのうし》』なる異名を持つ二刀流の剣客でござる。ひょっとしたら、宗次郎さまは『角牛』に斬られたのかも」

大吉は充血した目で訴えた。

「こうなれば、御奉行に直談判するしかありませぬ」

志乃は鼻で笑う。

「ふん、それが通用する相手なら、苦労はせぬわ」

一同は黙りこみ、昏々《こんこん》と眠る宗次郎に目を向けた。

どちらにせよ、一刻も早く佳奈を別宅から救いださねばなるまい。

「養母上、ここはひとつ、わたくしめにお任せくだされませぬか」

蔵人介は鋭い眼光を放ち、いつになく固い意志をしめす。

志乃は虚《きょ》を衝《つ》かれたように黙し、深々と溜息を吐いた。

九

その夜、蔵人介は串部とともに向島の別宅に忍びこんだ。

ところが、すでに屋敷は蛻《もぬけ》の殻《から》となっており、佳奈の行方を窺い知る手懸かりは何ひとつ残されていなかった。

「生きていてくれればよいのですが」

串部は不吉なことを口走る。

「こうなったら、長沼将監の屋敷に乗りこみますか」

乗りこんだところで、佳奈がそこにいるとはおもえない。

敵は警戒しているだろうし、下手に潜入すれば「角牛」と角突きあわせることにもなりかねなかった。

宗次郎を斬った相手の力量がわからぬだけに、ここはひとつ慎重に構えるべきかもしれない。

「それに、ちと気になるはなしも」

串部が言いにくそうに喋りだす。

「勘定奉行の長沼自身、相当な手練なのだと申す者がおります」

「ほう、おもしろい。ならば、正面から堂々と訪ねてやるか」

「何か策でもおありで」

蔵人介は問われ、不敵な笑みを浮かべた。

「高橋大吉に裏金作りを命じたほどゆえ、長沼は金に困っておる。儲け話を持ちかけてやれば、乗ってくるかもしれぬ」

「儲け話とはどのような」

「御見出しだ」

「御見出し。何ですか、それは」

強力な磁石で突き富の一番札を引きよせるという、かつて相番の桜木兵庫に聞いた眉唾なはなしをしてやった。

串部は「ふふん」と嘲笑《あざわら》う。

「そんなばかげたはなしを、勘定奉行ともあろう者が信じましょうかね」

「おぬしはどうだ。空念なる坊主は、今も信者たちに数々の奇瑞《きずい》をみせているという。それを聞いて、一度くらいは信じてみようとおもわぬか。なにしろ、一朱《しゅ》の賭け金で数十両の分け前が手にできるのだ」

「なるほど。それなら、一度くらいは騙されてもよいと、おもうかもしれませんな」

「儲けが数十両どころか、一千両や一万両に跳ねあがれば、はなしだけでも聞こうとおもうであろう」

「一朱が一千両や一万両に化けるのでござりますか」

「化けるようにみせかけるのさ」

好餌《こうじ》を撒《ま》き、罠《わな》を仕掛ける。

「嘘は大きければ大きいほどよい。相手もそのほうが信用する。大きな網を張り、獲物が掛かるのを待ちかまえるのだ」

「ふふ、おもしろそうですな。まさに、天網恢々疎《てんもうかいかいそ》にして漏《も》らさず」

「老子《ろうし》か」

串部の言うとおり、天網を張らねばならぬ。

「ならばさっそく、長沼将監の周辺に『うまい儲け話がある』と噂を流してくれ」

「承知いたしました。出入りの悪徳両替商、大黒屋あたりに連絡を取ってみましょう。ついでに、殿が長沼と会見する約束も取りつけてまいります」

「頼むぞ」

こまかい段取りは串部に任せ、蔵人介は宗次郎の快復と佳奈の無事を祈った。

十

長沼将監との会見が成ったのは五日後、秋の彼岸も終わりに近づいたころであった。

拝領屋敷は九段坂上を右手に曲がり、牛込方面へ向かう途中の二合半坂《にごうはん》にある。なだらかな坂の頂上からは、富士山と日光山がくっきりと遠望できた。富士山を十合とすれば、日光山の高さは半分の五合しかない。坂上からのぞむことのできる日光山の眺望は五合のさらに半分であることから、この坂には二合半という一風変わった名がつけられた。

秋の夕空に赤富士と赤日光が映える景観は、息を呑むほどすばらしい。

蔵人介は串部をしたがえ、堂々と長沼邸の正門をくぐりぬけた。

表口で待ちかまえていたのは、牛のような体軀の男だ。

おそらく「角牛」の異名で呼ばれる用人頭の角中丑之助であろう。

宗次郎を斬った相手にちがいないと串部は決めてかかっているので、前歯を剝いて威嚇《いかく》するような態度をしめす。

これを蔵人介が制し、落ちついた口調で案内を請うた。

「御膳奉行の矢背蔵人介さまであられますな。承ってござります」

角中は丁寧な応対をしてみせ、下女らしきおなごたちに足の濯ぎを命じる。

濯がれているあいだに、大刀を預かりたいとの旨を告げられたが、狙いはそちらのようだった。

腰が軽くなると、少しばかり不安になった。

串部も同様らしく、仏頂面《ぶっちょうづら》で口を尖らせる。

ふたりは「牛」に導かれ、広い中庭のみえる大広間へ通された。

主人の長沼将監は気楽な部屋着姿で庭におり、今や盛りと咲きほこる萩に水をくれている。

「萩寺の龍眼寺《りゅうげんじ》にはおよぶべくもないが、ここのもなかなかであろう」

丸い背中をみせたまま、長沼は疳高《かんだか》い声を発する。

杏子《あんず》色の大きな夕陽が、ちょうど釣瓶《つるべ》落としに落ちるところだ。
落日寸前に放たれた残光を浴び、庭一面が紅蓮《ぐれん》に燃えあがった。
「うおっ」
おもわず、串部は感嘆の声を漏らす。
初対面の相手を呑んでかかるには、お誂《あつら》えむきの趣向かもしれない。
だが、蔵人介は表情ひとつ変えなかった。
相手が誰であれ、ひとたび腹を括《くく》れば、山のごとく動じない。
懐中深くはいりこみ、みずからの為すべきことを為すだけだ。
長沼将監のすがたは、城内で何度か見掛けたことがあった。
癇《かん》の強そうな印象とは異なり、存外に柔和《にゅうわ》で親しみやすい。
裃《かみしも》を脱いでいるせいか、かなりの撫で肩であることもわかった。
蔵人介は串部を廊下に控えさせ、みずからは部屋の下座に平伏する。
長沼は裸足で畳を踏みしめ、床の間を背負った上座に腰をおろした。
「本丸の鬼役、矢背蔵人介か」
「はは」
蔵人介は作法どおり、さらに深く平伏した。

「面《おもて》をあげよ」

「は」

くいっと、顎を持ちあげる。

床の間に掛かった軸が目に飛びこんできた。

描かれているのは水墨画ではない。

野太い文字で「指先」とあった。

「さっせんと読む。この字に興味があるようじゃな」

「は」

剣聖宮本武蔵にはじまる二天一流の極意にちがいないと、蔵人介は察した。

門人によって書き留められた口伝《くでん》には「敵の気前《きぜん》の気をとらえて動く」とある。敵を懐中に誘いこむや、一寸の見切りで初太刀を躱し、一瞬の隙を捉えて倒す。そうした要訣《ようけつ》はあらゆる流派に通じるものではあるが、大小二刀を自在に操るところが他流派とは異なる。

「この二文字は、わしが剣の師から譲りうけたものじゃ。存じておるかもしれぬが、二天一流では形を勢法《せいほう》と呼ぶ。指先はあらゆる勢法の基《もと》じゃ。無構えで敵に対し、敵が仕掛けてきたところで、素早く半身にひらいて喉を突く」

長沼は隙のない所作で「指先」を語っている。

やはり、舐めてかかることのできない相手だ。

「そこに控える角中丑之助は同流の練達《れんたつ》じゃ。わしと互角にわたりあうことのできる稀少な男ゆえ、用人頭をやらせておる。矢背よ、おぬしも少しはやるのであろう。その落ちつきようをみれば、すぐにわかる。流派は何じゃ」

嘘は吐けぬ。

「田宮流にござります」

「ほう、立居合《たちいあい》か。抜き技をみてみたいが、今日はやめておこう。両替商の大黒屋に聞いた。おぬし、妙な儲け話を仕入れておるらしいの」

「お招きにあずかったのは、そのことにござりましたか」

「ほかに何がある」

「拙者はてっきり、御見出しいただけるのかと」

「笑止な。勘定奉行のわしが、なにゆえ、鬼役を引きあげねばならぬのじゃ」

「戯れ言にござります。お聞き流しくだされ」

「ふん、食えぬ男よ。ほれ、儲け話とやらをはなしてみぬか」

長沼は脇息《きょうそく》を抱え、身を乗りだしてくる。

「されば、これも何かの縁ゆえ、おはなし申しあげましょう。ただし、口外は無用に願いまする」

「焦《じ》らすでない」

「は。されば、これからいたしまするのは眉唾なはなしにござります。なれど、一枚くらいなら富札を買ってもよいと、そんなふうにおもわれるやもしれませぬ」

「やはり、突き富に関わることらしいな。空念なる坊主、突き留めの一番富を言いあてることができるとか」

「空念は三度つづけて、一番富を言いあてました。されど、これには『御見出し』と呼ばれるからくりが裏に隠されておりましてな、そのからくりを使えば一攫千金《いっかくせんきん》も夢ではござりませぬ」

「一攫千金のう」

御勝手巧者と評される勘定奉行にもかかわらず、長沼は眸子を爛々《らんらん》とさせる。

やはり、よほど金に困っているのだろう。

蔵人介は、もっともらしい顔で語りはじめた。

「重陽《ちょうよう》の突き富なる怪しげな催しがござりまする。一年にたった一度、みなの寝静まった真夜中に常陸下妻《ひたちしもつま》街道沿いの荒れ寺にておこなわれます。大金を賭けるのは選《よ》りすぐりの金満家たちばかり。御法度の野田賭博《のでんとばく》にも似ておりますが、集まる人の身分もちがえば、賭け金の桁もちがいます。しかも、当たれば儲けは賭け金の二倍、三倍、五倍、七倍、十倍と増していく。突き留めの一番富が何と、一万両になることもござります」

「なに、一万両だと。信じられぬな」

「もちろん、当たらねば賭け金は泡と消えてしまいまする。されど、当たる率は格段に高い」

通常の突き富は、大きな四角い箱にはいった富み札を長い錐《きり》の棒で百回突く。札には一番から百番まで数がふってあり、各々、松竹梅に春夏秋冬に花鳥風月と書かれている。よって、札の種類は一千百通りになり、一番富を突く率は一千百回に一度となる。

「重陽の突き富のほうは、突き棒で五回しか突きませぬ。札は一番から五番までしかなく、各々に描かれているのは七福神《しちふくじん》の絵柄。ゆえに『七福神の運試し』とも呼ぶ突き富札の種類は、三十五通りしかござりませぬ。すなわち、一番富を突く率は三十五回に一度となりまする」

しかも、突いた五回すべてが当たり札となり、儲けは一回目から順に賭け金の二倍、三倍、五倍、七倍、十倍と跳ねあがっていく。

「引換の籤はひとり一枚しか買えず、賭け金の上限は一千両にございます。五回目の一番富を見事に引きあてれば、儲けは賭け金抜きの一万両になりまする」

「それは当たったらのはなしであろう」

「御奉行さま、お焦りになられませぬよう。はなしは、ここからが本番にございます。ただし、つづきをお聞きになりたいと仰るのなら、いくばくかの手間賃を頂戴せねばなりませぬ。ま、口利き料とでも申しましょうか」

「それが目当てか。ちなみに、いくら欲しいのじゃ」

「五十両」

「端金《はしたがね》ではないか」

「貧乏旗本にとっては大金にござりまする。ただ今ここで頂戴できれば、一番富を見事に当てる『御見出し』のからくりをおはなしいたしましょう」

「ふん、悪党《あくたい》め」

長沼は悪態を吐きつつも、角中に命じて五十両の包みを持ってこさせた。

三方に載せられもせず、包みのまま畳に転がされる。

蔵人介は手を伸ばしてこれを拾い、懐中に落とした。

ずっしりと重くなる。

長沼が吐きすてた。

「よし、つづけよ」

「されば」

蔵人介はもっともらしい顔で、磁石のからくりを教えてやった。

「磁石で当たり札を引きよせるだと。さようなはなし、誰が信じるとおもう」

長沼は眉に唾をつけながらも、興味深げな顔をつくる。

餌に掛かったなと、蔵人介は踏んだ。

十一

長月《ながつき》九日重陽の節句、下妻藩領内の荒れ寺。

江戸じゅうの寺社境内は、美しさや変化《へんげ》を競う鉢植えの菊で溢れた。

茜《あかね》に染まった秋空に雁《かり》が竿となって渡る光景も見慣れたものとなり、肌寒い夜は重ね着をする人々も見受けられる。

常陸下妻藩一万石の領内までは、千住宿《せんじゅ》から下妻街道に沿って馬を走らせた。

馬を使えば半日でたどりつけるところだが、この山里を選んだのは若き藩主井上《いのうえ》遠江守正健《とおとうみのかみまさかた》と蔵人介が浅からぬ因縁にあったからだ。

六年前に城内で困っているところを助けて以来、恩人と慕われるようになった。立派な藩主になった今でも恩を忘れず、盆暮れにはかならず幼名の「力三郎《りきさぶろう》」にちなんだ力餅《ちからもち》が送られてくる。江戸家老《えどがろう》の四方山右京左衛門《よもやまうきょうざえもん》や、御手廻物頭《おてまわりものがしら》で「八つ胴斬り」の異名《いみょう》を持つ鎧戸典膳《よろいどてんぜん》とも懇意にしており、ことに鎧戸とは折に触れて酒を酌みかわす仲でもあった。

ともあれ、下妻というところを選んだのは何かと融通が利くうえに、町奉行所の手がおよばない朱引《しゅびき》外なので敵が安心するとおもったからだ。

城もない領内の外れには、罠を仕掛けるのにお誂えむきの荒れ寺がある。烏《からす》が巣をつくる雑木林の奥にひっそりと佇んでおり、本堂の屋根は随所に穴があいていた。

そんな荒れ寺に高価な着物を纏った旦那衆が集まり、ひそひそ話をしている。この連中、江戸の闇を仕切る金満家という触れこみだが、じつを言えば丸越屋が金で雇った緞帳《どんちょう》役者たちにすぎない。

「馬子《まご》にも衣装とはこのことでござる」

串部は驚きを隠せないようだった。

「化けるのが得意な狐や狸どもにござります」

と、丸越屋は応じ、恐縮した面持ちになる。

「手前は深い考えもなしに長沼将監さまの宴席を仕切り、佳奈さまをご紹介してしまいました。罪滅ぼしをせにゃ気がおさまりませぬ。それにもうひとつ、志乃さまから『後生一生のお願いだからひと肌脱いでほしい』とお願いされては、お断りするわけにもまいりませぬ」

「そうだ。わずかでも手を抜けば、矢背家伝来の薙刀で首を刎ねられようぞ」

「ひぇっ」

串部が手刀で刎ねるまねをすると、丸越屋は亀のように首を引っこめた。

蔵人介は丸越屋惣太夫を脅しつけて手伝わせ、荒れ寺の本堂に『重陽の突き富』を催す場をつくった。

突き手の生臭《なまぐさ》坊主も手配し、富み札や大箱の用意も周到にしてある。

「あとは長沼主従がやって来るのを待つだけでござるな」

大金を投じる者は、みずから賭け金を携えてこなければならぬ。などと、嘘の決め事をもっともらしく伝えておいた。

すでに、当たり札も教えてある。

「弁天《べんてん》の三でござりましたな」

串部は長沼に渡す手筈《てはず》になっている籤《くじ》をひらいて確かめた。

籤は一枚しか購入できない。通常ならば、最初に突いた札が突き留めの一番札となるが、場を盛りあげるために最後の五番目に突いた札を一番札と定めてあった。当たれば儲けは賭け金の十倍になるので、欲深い者ほど直前になって賭け金を増やしてくる。

「それが人というものさ」

「すると、長沼も賭け金を増やしてくるとお考えで」

「少なく見積もっても、一千両は投じてこよう」

「ほほう」

串部は仰天してみせたが、蔵人介は根拠も無しに吐いているのではない。

見込みの金額を教えてくれたのは、内々に通じている高橋大吉であった。

大吉には重要な役どころを演じてもらわねばならない。

「長沼は賭け金をつくらねばならぬ。ただし、大黒屋などからは下手に借りられないはずだ。御勘定奉行ともあろう者が高利貸しに証文を取られたら、後々面倒なことになりかねぬからな。となれば、あやつが考えることはひとつ。道普請に向けるべき公金を借用するにきまっている」

「そこに、大吉どのが一枚噛むというわけでござるな」

「帳簿を書きかえれば済むはなしだからな。勘定方の組頭で筆を舐める者がひとりおれば事足りる」

帳簿の書きかえが公儀にばれたら、確実に首は飛ぶ。

だが、大吉は長沼将監を葬るために、みずから協力を申しでた。

「おもったとおり、長沼のほうから大吉に打診があったそうだ。誰にも知られぬように帳簿の書きかえをやって、一千両を用意しろとな。そのとき、大吉は必死のおもいで交換条件を出した。佳奈を戻してほしいと」

「長沼は何とこたえたので」

「渋い顔でうなずいたらしい。事がすべて済んだら、三行半《みくだりはん》と熨斗《のし》を付けて戻してやるとな」

「ひどいはなしでござる。されど、奉行のはなしを信じれば、佳奈どのはどこかで生きておることになりますな」

「生きておるさ。わしは最初《はな》から、そう信じておる」

蔵人介にとっては佳奈の生死だけが頭痛の種だが、今は長沼将監を「天網」に搦《から》めとることだけに集中しなければならない。

あたりはとっぷり暮れ、荒れ寺の周囲には篝火《かがりび》が焚かれはじめた。

客のなかには頭巾をかぶった偉そうな侍も見受けられたし、百目《ひやくめ》蠟燭《ろうそく》が無数に並ぶ伽藍《がらん》の隅には千両箱まで積まれている。

無論、すべて嘘だ。

侍は偽者だし、千両箱の中味は河原《かわら》石だった。

何もかも、長沼主従を欺《あざむ》くための仕掛けにすぎない。

蔵人介は月のない空を見上げ、ぶるっと武者震《むしやぶる》いをした。

――ごおん、ごおん、ごおん。

亥《い》ノ刻を報せる捨て鐘が遠くから聞こえてくる。

緊張の面持ちで待っていると、蹄《ひづめ》の音が近づいてきた。

「来おった」

頭巾をかぶった侍が馬に乗り、暗闇を照らす龕灯とともにあらわれる。

長沼将監だ。

馬に乗った従者をふたりしたがえていた。

ひとりは角中丑之助、もうひとりは高橋大吉だ。

さらに後方から小者がつづき、荷馬の手綱《たづな》を引いている。

荷は筵《むしろ》で包んだ四角い箱がふたつ、千両箱にまちがいない。

蔵人介はおもわず、ほくそ笑んだ。

賭け金の上限を外しておいたところ、見込みの二倍に増えていたからだ。

「強欲なやつめ」

蔵人介はつぶやき、足早に身を寄せていく。

「お急ぎくだされ。まもなく、突き富がはじまりまするぞ」

「ふん、そうか」

長沼は馬からおり、手綱を小者に渡す。

半信半疑ながらも、本堂の賑わいに目を向けた。

観音扉がなかば開けてあるので、篝火越しに内の様子はわかるのだ。

「あのとおり、みなさまはお待ちかねにござります」

「わかっておる。急《せ》かすでない」

「先立つものは、お持ちでしょうな」

「二千両用意してきたぞ」

長沼は胸を張り、馬の背をみる。

「あれがほんとうに、二万両に化けるのだろうな」

「本堂には千両箱が山積みになっております。ささ、こちらへ」

伽藍のなかは、異様な熱気に包まれていた。

眸子を血走らせた金満家の眼差しは、正面に設えられた大きな四角い箱に注がれている。

湯島天神や目黒不動の突き富で見掛ける木箱と寸分もたがわない。

何を隠そう、裏から手をまわして本物を借りてきた。

札も本物だし、先端が錐になっている突き棒も本物だ。

道具はみな本物で、居並ぶ人間たちは仕込みの偽者。

すべては長沼将監を罠に嵌《は》めるための大仕掛けにほかならない。

本堂の隅に積まれた偽の千両箱のうえに、長沼が用意した千両箱もふたつ積みあげられた。

「ご覧くだされ。あれに山と積まれた千両箱を、そっくりそのままお持ち帰りになっていただきまする」

「むふっ、さようか」

長沼はようやく目尻をさげ、串部に導かれて席に向かう。

従者のふたりは蔵人介ともども、千両箱のそばに陣取った。

敵に面の割れている丸越屋は、どこかにすがたを消している。

突き富を仕切る口上《こうじょう》役は、極太の綽名《あだな》を持つ読売屋の寛太だ。

寛太は大店《おおだな》の手代風に装い、生真面目な顔で朗々と発してみせる。

「お集まりのお旦那衆、お待ちかねいただき恐悦《きょうえつ》至極《しごく》に存じまする。ただ今より毎年恒例、重陽の突き富をはじめさせていただきまするが、こればかりは当たるも八卦《はっけ》外れるも八卦、どなたさまも恨みっこ無しでお願い申しあげまする」

長沼将監は、箱と突き手のよくみえる最前列に陣取った。

串部に手渡された当たり籤を、汗ばんだ掌《てのひら》で握っている。

蔵人介からみても、表情がわかるほどのところだ。

こちらでは角中が、千両箱を渡すまいと踏んばっていた。

寛太の口上はつづいた。

「ご存じのとおり、通常の突き富とは少しばかり趣向がちがいまする。なにせ、当たれば賭け金の二倍、三倍、五倍、七倍、そして十倍と儲けていただける。これほどの儲け話は、この世のどこにもござりませぬ。無論、御法度ゆえに、公儀にみつかれば首が飛ぶ。されど、鳥肌物の興奮を一度でも味わえば、それはもう病みつきになってしまうことにござりましょう。さて、下手な口上はこれまでにして、ただ今より五番勝負の突き富をはじめさせていただきまする」

客席からは、やんやの喝采が飛んだ。

まるで、片田舎の宮地《みやち》芝居でもみているかのようだが、長沼はいっしょになって拍手などしており、すっかり場の雰囲気に呑まれてしまったようだった。

口上役に替わり、突き役の厳《いか》つい坊主が登場した。

手にした長い棒の先では、尖った錐が妖しげに光っている。

坊主は三段ほど高いところに上り、鯨《くじら》に銛《もり》を刺す要領で突き棒を構えた。

客席の連中は生唾を呑みこむ。

「ぬえい」

坊主は凄まじい気合いを発し、箱の穴に突き棒を刺しこんだ。

ゆっくり引きあげられた錐の先端には、木札が一枚刺さっている。

これを寛太がうやうやしく受けとり、当たり札を確かめた。

咳《しわぶ》きひとつ聞こえない。

本堂は水を打ったように静まりかえる。

寛太は右手を高々と掲げ、客席に札をみせた。

「儲け二倍の五番富は、布袋《ほてい》の一にござります る」

刹那、床が揺れるほどのどよめきが起こった。

「ひゃああ」

最後列で絶叫したのは、絹の着物を纏った後家《ごけ》風の女だ。

袖頭巾で顔を隠してはいるものの、金持ちであることは風体《ふうてい》でわかった。

「当たった、当たった」

と、浮かれ騒ぐ女の様子に、周囲は羨望《せんぼう》の眼差しを注ぐ。

長沼も驚いたように眸子を瞠っていた。

女が混じっていたことに意表を衝かれたのだ。

これも敵を騙す手管のひとつ、よくみれば女は幸恵にほかならなかった。

敵に与える最大の効果を考え、こうした知恵を出したのは志乃であった。

騒ぎの余韻《よいん》が残るなか、坊主は四番富を突くべく身構えている。

「ぬえい」

二枚目の当たり札が出た。

寛太が声を裏返す。

「儲け三倍の四番富は福禄寿《ふくろくじゅ》、福禄寿の三にござりまする」

「うおおお」

どよめく客席のなかほどで、当たり籤を握った商人が吼《ほ》える。

いかにも悪徳商人といった風情《ふぜい》の五十男だ。

すべて嘘だとわかっている蔵人介でさえ、何やら鼓動が高鳴ってきた。

はたして、最後の一番富で『御見出し』の手管はまことに使えるのか。

長沼将監は大金を掴み、腹を抱えて笑うことができるのか。

仕組んだほうも仕組まれたほうも、突き役の坊主に目を貼りつける。

荒れ寺の本堂は客たちの熱気に包まれ、息苦しいほどになっていた。

十二

いよいよ、一番富を突く順番となった。

すべてが偽りであるにもかかわらず、客たちは手に汗を握っている。

突き役の坊主は、おもわせぶりに突き棒を取りかえた。

長沼が後ろを振りかえり、こちらに片目を瞑《つむ》ってみせる。

これが『御見出し』の細工だなと、確かめを入れているつもりだろう。

用人頭の角中は喉が渇いて仕方ないらしく、喉仏を何度も上下させた。

大吉は目を伏せ、蒼白《そうはく》な顔でじっと耐えつづけている。

これから長沼の身に起こることを聞かされているだけに、緊張の色を隠せない。

寛太が叫んだ。

「されば、本日最後の突き富にござりまする。どなたさまも恨みっこ無しの大勝負、とくとご堪能あれ」

坊主が突く棒を構えた。

「ぬえい」

一段と凄まじい気合いを発し、錐の先端を箱の穴に刺しいれる。

――とん。

当たり札が箱から抜きだされた。

一見したところ、鉄の貼られた細工はみあたらない。

手燭《てしょく》や百目蠟燭で堂内は隈無く照らされていたが、明るさにも限界がある。突く棒の先端に磁石が仕込まれているのかどうかも、長沼の席からは確認できなかった。

そんなことより、客たちの眼差しは寛太が高々と掲げた札に注がれる。

「儲け十倍の一番富は弁天《べんてん》……」

長沼がぐっと身を乗りだす。

「……弁天の四にござりまする」

「なにっ、三ではないのか」

長沼は手にした籤を睨みつける。

刹那、後方から歓声があがった。

「やった、当たったぞ」

長沼は振りかえり、ことばを失う。

勘の良い角中は、蔵人介をみた。

「おぬし、謀《たばか》ったな」

刀の柄に手を添える。

異変が起きたのは、そのときだ。

「それ、掛かれい」

なかば開いた観音扉が蹴破られ、捕り方装束の連中が束になってなだれこんできた。

捕り方の最前列で大音声をあげる人物は、盟友の鎧戸典膳にほかならない。下妻藩の至宝と評される御手廻物頭が、みずから下妻藩の歴とした番士たちを率いてきたのだ。

その数は百人に近い。

「悪党どもをひとり残らず捕縛せよ。抗う者は斬りすてにしてもかまわぬ」

鎧戸の声を聞きながら、蔵人介は角中と対峙していた。

角中はすでに二刀を抜きはなち、牛の角のように構えている。

斬りあっている余裕はあまりない。

「おのれ、許さぬぞ」

「つおっ」

蔵人介は抜き際の一撃を斜めに払った。

これを左手の脇差で弾き、右手に握った大刀の払いが左肩を袈裟懸けに狙ってくる。

――がつっ。

斬られたとおもった瞬間、蔵人介は左手で脇差を抜いていた。

角中の一刀を受けとめ、片手持ちの長柄刀で喉を突きあげる。

「ぬっ」

まるで、相手のお株を奪う二刀使いだ。

角中は咄嗟に避け、千両箱の隅に足を引っかけた。

どしんと、尻餅をつく。

いや、足を引っかけたのではなかった。

一瞬の隙を衝かれ、右臑を失っている。

刈ったのは蔵人介ではない。

串部がそばに立ち、血の滴る刀を握っていた。

混乱のなか、串部は最初から角中の臑を狙っていたのだ。

「ぬぐ……ぐそっ」

角中は刈られた自分の臑を摑み、壁に叩きつける。

もはや、流れだす血を止める手だてもない。

牛は呆気なくも、力尽きた。

一方、長沼将監は富箱の陰に身を隠している。

角中が斬られたことに気づいた様子はない。

混乱に乗じて、どうやって逃げのびるか。

それしか考えていなかった。

蔵人介と串部は捕り方と争うふりをしながら、富箱のほうへ向かった。

長沼が顔を差しだす。

「矢背、こっちじゃ」

「長沼さま、生きておられましたか」

「おぬし、わしを謀ったのか」

「とんでもございませぬ」

「二千両はどうなる」

「今は金のことより、命のことを考えねばなりませぬ」

そうしたやりとりの最中へ、鎧戸が狙ったように手勢を率いてくる。

「あれに侍がおるぞ。待て、長柄刀のくせものはわしがやる」

言うが早いか、手にした管槍《くだやり》をしごき、前触れもなく穂先を突きだしてきた。

「ふりゃ……っ」

「ぬかっ」

穂先は見事に、蔵人介の腹を突いた。

「ぬおおお」

双手をあげて吼えるや、鎧戸は怯んだように槍から手を放す。

蔵人介は管槍を長々と腹に突きたて、必死の形相で振りむいた。

「御奉行さま……お、お逃げくだされ。拙者にかまわず、早う、お逃げ……くださされ」

仰天して声も出ない長沼のもとへ、串部がさっと近づいた。

「御奉行さま、こちらへ。拙者に従いてきてくだされ」

ふたりを守るように、手負《てお》いの蔵人介は刀を振って暴れまわる。

長沼と串部は捕り方の網の目を破り、どうにか本堂の外へ逃れた。

暗がりの一隅には、一頭だけ斑馬《まだらうま》が繋いである。

「ささ、御奉行さま。あの馬へ」

串部に促され、長沼は馬の鐙《あぶみ》に足を掛けた。

「それ行け」

ばちっと鞘で馬の尻を叩くや、白黒の斑馬は狂ったように走りだす。

「ぬおっ」

長沼は振りおとされぬように、鞍《くら》にしがみついた。

串部は叫ぶ。

りだしてきた。

「そのまま地獄まで走っていけ」

闇に土塊《つちくれ》が巻きあがり、蹄《ひづめ》の音が遠ざかっていく。

「終わったぞ、みなの衆、終わったぞ」

串部が大声で叫ぶと、本堂のなかから捕り方と緞帳役者たちが肩を組みながら躍りだしてきた。

そのなかには、腹に管槍を突きたてた蔵人介と妻の幸恵もいる。

かたわらには鎧戸典膳がおり、高橋大吉のすがたもあった。

「みなの衆、ようやってくれた」

蔵人介はみずからの手で、管槍を引きぬいてみせる。

仕込んだ胴巻きの下には、分厚い板をあてがっていた。

「ほれ、このとおり。おかげで首尾は上々だ」

どっと、歓声が沸きあがる。

「ふはは、御勘定奉行の吠え面よ。あれは見物であったわい」

典膳は腹を抱えて嗤《わら》った。

大吉だけは浮かぬ顔をしていたが、それは二千両という公金を御金蔵へ戻すという役目が残っているからだ。

いずれにしろ、長沼将監は二千両の公金を横領した罪に問われる。世の中に恥を晒したくなければ、腹を切るしかあるまい。

「欲が身を滅ぼすとは、このことよ」

痛快このうえない気分だが、何か物足りない。

「できることなら、もう少し悪あがきしてほしいものよ」

蔵人介は叢雲の流れる空をみつめ、不敵な笑みを浮かべてうそぶいた。

十三

四日後。

長月十三夜は後の月、人々は願掛けをおこなうべく月見の宴を張る。

中秋の満月だけ拝むのは「片月見《かたつきみ》」と呼んで忌避されるので、十三夜の月見も盛大におこなわれた。

蔵人介は高輪《たかなわ》にいる。

縄手《なわて》の砂浜に張りだした高床造りの料理茶屋の一室だ。

隣部屋では、ふたりの人物が膝詰めで密談をしていた。

ひとりは長沼将監、もうひとりは両替商の大黒屋豪徳である。

長沼は強靭《きょうじん》な粘りをみせ、二千両の公金横領を隠蔽《いんぺい》にかかっていた。

臆面《おくめん》もなく大黒屋に泣きつき、穴埋めに高利の金を掻き集めてこさせたのだ。

配下の大吉は荒れ寺で捕縛されたとおもいこんでいるようなので、そうおもわせておくことにした。いざとなれば、大吉に横領の濡れ衣を着せる腹にちがいない。

蔵人介は、こうなるであろうことも見越していた。

長沼とは尋常な勝負で決着をつける気でいたからだ。

死出《しで》の置き土産に問うておかねばならぬこともある。

「矢背さま、御奉行は佳奈の居所を知っておるのでしょうか」

不安げに尋ねてくるのは、妹の身を案じてやまない大吉であった。

「知っておるさ」

何ひとつ根拠はないが、蔵人介は自信たっぷりにこたえる。

しばらくして、隣部屋の様子を窺っていた串部が戻ってきた。

「そろそろ、おひらきのようでござる」

「ふん、月を愛《め》でる余裕もないとみえる」

「殿、まこと尋常に勝負を挑むおつもりか」

「そうだが」

「用人の分際で、おやめくだされとは申しませぬ。ただ、公金二千両がこちらのもとにあるかぎり、いくらでも長沼を潰す手はあるというに、なにゆえ、勝負にこだわるのでございますか」

にやりと、蔵人介は笑みを浮かべた。

「理由などわからぬ。ただ」

「ただ」

「血が騒ぐのよ」

ふうっと、串部は溜息を吐いた。

二刀流の実力は角中以上と聞いているだけに、蔵人介の身を案じているのだ。

「角牛を葬ることができたのは、混乱のただなかであったがゆえのこと」

「もうよい。串部よ、わしが死んだら骨を拾ってくれ」

「何を仰います」

「戯れ言さ。聞き流せ」

隣の客が立った気配を感じとり、蔵人介も素早く部屋を出て、一階へつづく大階段を滑るように下りた。

慌てて従いてきた大吉が、表口のところで囁く。

「月に向かって、ご武運《ぶうん》を祈っております」

「案ずるな」

蔵人介は片頬で笑いかけ、見世の外へ出る。

表には、身分の高い侍の乗る権門《けんもん》駕籠が待っていた。

先棒に素早く心付けを手渡し、蔵人介はすっと離れていく。

駕籠かきは手懐《てなず》けておいたので、こちらが望む本芝《ほんしば》の砂浜まで客を連れてくるにちがいない。

わずかに欠けた月を案内《あない》役に仕立て、蔵人介は松並木の東海道を戻りはじめた。

月に照らされた夜の海原は凪《な》いでいる。

眠りに落ちた海神《かいじん》が目覚めるまえに、決着をつけねばなるまい。

半刻ののち、獲物を乗せた権門駕籠は並木道から外れ、足場のわるい砂浜のほうへ向かってきた。

途中で駕籠は止まり、撫で肩の人影が降りてくる。

長沼将監だ。

蔵人介は煌々と光る月を背負い、波の打ちよせる浜辺に佇んでいた。

長沼は砂に足をとられつつも、ずんずん近づいてくる。

「わしに何か用か」

「ふふ、おわかりにならぬようだな」

蔵人介は一歩踏みだし、顔をぬっと突きだす。

「……お、鬼役か」

「さよう、地獄の底から舞いもどってきた」

「やはり、わしを謀《たばか》ったのか」

「今ごろ気づいても遅いわ」

「ふん、抜かったわ。まさか、鬼役ごときに二千両を奪われるとはな。されど、わからぬ。大金を奪っておきながら、のこのこ死ににきたのはなぜだ」

「おぬしに聞きたいことがある」

「何じゃ、言うてみよ」

「側室にした高橋佳奈の行方だ。死出の置き土産に教えてくれまいか」

「佳奈なら、角中のやつが板橋中宿《いたばしなかじゆく》の岡場所に沈めたわい」

ほっとした。少なくとも、佳奈は生きている。

角中の足取りを丹念に調べれば、見世は早々にみつかるだろう。

長沼は嘲笑った。

「おぬし、あの女の縁者か」

「ちがう」

「ならばなぜ、佳奈にこだわる」

「哀れなおなごを救いたい。それだけのことよ」

「ぬひゃひゃ。見た目とちがって、あんこのように甘い男のようじゃな。おぬし、わしに尋常な勝負を挑む気か」

「そのとおり。荒れ寺で葬ってもよかったが、今少し悪あがきを見物したいとおもってな、今日まで生かしておいたのさ」

「ぬがっ」

長沼は鼻を鳴らす。

「笑止な。くそっ、盗んだ二千両はどうした」

「人聞きの悪いことを仰る。公金を盗んだのは、そっちであろう。民百姓《たみひゃくしょう》が汗水垂らして納めた金を盗んで、ようも平然としていられるものだな。それでも、御金蔵を預かる勘定奉行か」

「何じゃと、無礼者め」

「無礼も糞《くそ》もない。おぬしは強欲な糞饅頭《まんじゆう》野郎だ。無論、あの二千両はおぬしのごとき悪党を肥《ふと》らせるために使うべきではない。大判を買わされて困っている商人たちにでもくれてやろう」

「黙れ、下郎め。それほど死にたいのなら、のぞみどおりにしてくれる」

長沼は両刀を抜きはなち、切っ先をだらりとさげた。

「無構《むがま》えか」

わざと相手を誘いこみ、初太刀を素早くさばいて返しの一撃を繰りだす。

半身にひらいて喉を狙ってくるのだろうと、蔵人介は読んだ。

長沼は二刀の無構えから、左足をすっと引いて中段の構えになおる。

さらに、左手の脇差はそのままに、右手の大刀を上段に掲げ、月をも落とさんとするほどの気合いを発した。

「きぇええ」

蔵人介は誘いに乗り、青眼から小手調べの突きを繰りだす。

「そいっ」

「なんの」

脇差で上から押さえつけられた。

と同時に、大刀の籠手《こて》打ちがくる。

「むっ」

棟区《むねまち》で受けては間に合わぬ。

――がしっ。

長い柄で咄嗟に受けた。

弾いた拍子に、相手の側頭を削りにかかる。

長沼は鬢の脇で躱し、大刀を横薙ぎに払って後ろに飛んだ。

一寸の見切りで躱すとは、やはり、相当な手練と考えてよい。

長沼は砂を浅く掘って足場をつくり、撫で肩をさらに落とす。

「ほっ、わしの紅葉《もみじ》重ねを柄で弾くとはな、たいしたものよ。ところで、角牛は死んだのか」

「ああ、死んだ。臑を一本失ってな」

「臑だと」

「柳剛流の臑斬りにやられたのさ」

「おぬしが連れていた蟹《かに》男か」

「そうだ」

晒そうとしておる」


「ならば、組頭の高橋大吉はどうした」

「生きておるさ。わしはやめろと諭したが、命懸けでおぬしの罪状を白日《はくじつ》のもとに晒そうとしておる」

「ふん、無駄なことを」

「横領の濡れ衣を着せる気だな。高橋大吉は、おぬしに見出されたことを誇りに感じておった。やつにとって、勘定奉行は雲の上の相手だ。使者となった角中丑之助の口から御見出しの言伝《ことづて》を聞いたときは、天にも昇らんばかりの心地になったそうだ。されど、おぬしの目当ては妹の佳奈であった。なにゆえ、佳奈を側室にしようなどとおもったのだ」

「細くて丈夫な骨を持つ本妻に似ておったからさ。七日も餌を与えねば、肋骨《あばらぼね》や背骨が浮きでてくる。その骨がどうしてもこの目でみとうてな、あの女を側室に迎えたのよ。なにせ、本妻はわしの癖《へき》に愛想《あいそ》を尽かし、実家へ戻ってしもうたゆえな」

責め苦を与えて縛りつけねば気が済まぬ。

癖とはそうした精神のありようをさすのだろう。

長沼将監とは、取りつく島のない物狂いであった。

蔵人介は、ぎりっと奥歯を噛みしめる。

「こやつめ」

やはり、生かしておいては世のためにならぬ。

蔵人介は愛刀の切っ先をさげ、無構えで対峙した。

「どうした、怖《お》じ気《け》づいたのか。ほれ、掛かってこい」

長沼は両刀を重ね、右脇構えに揃える。

二天一流の奥義《おうぎ》にある「虎乱《こらん》」の構えであろうか。

相手の攻撃を脇差で受け、素早く右に転じて大刀で斬る。

虎の尾が虚を衝いて後ろから襲いかかるのに似ているため、そうした技名がつけられた。

いずれにしろ、初手は脇差で受けにはいる。

片手で受けるには骨法《こっ》があり、相手の芯を逸らすべく、当たる寸前に刃を滑らせる感覚で受けねばならない。

まともに受けずに、受け流すほうに近いと言うべきか。

そうした難しい技は修練のたまものにほかならず、長沼もきちんと会得しているようだった。

ともあれ、絶妙な受け技を破ることさえできれば、勝機はおのずとやってくる。

逆しまに、脇差で初太刀を易々と受けられたら、ほぼ同時に繰りだされる大刀の一撃は避けられまい。

一瞬で命脈《めいみやく》を絶たれることになるだろう。

「ほれ、死にに来い。わしに勝とうなどと、百年早いわ」

「ふりゃ……っ」

蔵人介は奇声をあげ、愛刀の国次を振りあげる。

そのとき、穿《ほじく》った砂も大量に舞いあがった。

「ぬわっ」

長沼の対応が一瞬だけ遅れた。

——ずばっ。

骨を断った感触がある。

砂のうえに、脇差を握った左腕がぼそっと落ちた。

「……ぬ、ぬぎぇえええ」

長沼は絶叫し、右手に握った大刀を闇雲に振りまわす。

蔵人介は一寸の見切りで躱し、国次を斜めに薙ぎあげた。

——ばさっ。

鮮血が月を濡らす。

悪党奉行の生首は弧を描き、波打ち際にぺちゃっと落ちる。

そして、打ちよせる白波に巻きこまれ、さらわれていった。

「魚の餌になるがよい」

蔵人介は樋《ひ》に溜まった血を切り、無骨な黒鞘に刀を納めた。

「殿、殿」

遠くの松林から、ふたつの人影が走ってくる。

串部と大吉であろう。

串部のほうは、大黒屋に引導を渡してきたはずだ。

「骨を拾いにきたのだろうが、取り越し苦労であったな」

蔵人介はひとりごち、ふと、宗次郎のことをおもった。

そろそろ、褥から起きあがってもよいころだ。

宗次郎と大吉に対して、佳奈のことをどう告げてやればよいのか、蔵人介は悩んでいた。

十四

九日後、長月二十二日早朝。

だらだら祭りと呼ばれる芝神明《しばしんめい》祭も終わると、祭りのあいだじゅう降りつづいていた長雨も嘘のようにあがった。

甲州街道の起点となる内藤新宿《ないとうしんじゆく》は薄靄《うすもや》に包まれ、旅人の行き交う棒鼻《ぼうはな》には金木犀《きんもくせい》の芳香が漂っている。赤い実の熟した大きな南天桐《なんてんぎり》のもとで、金瘡《きず》の癒えつつある宗次郎は幼馴染みの兄妹と別れを惜しんでいた。

その様子を、蔵人介は少し離れたところから見守っている。

長沼将監を成敗した二日後、串部が板橋中宿の安女郎屋で佳奈をみつけた。

さっそく蔵人介がおもむいてみると、佳奈は骨と皮だけのすがたとなり、動くことさえままならぬ様子だった。それでも、武家の娘として生まれ育った誇りを支えに、生きつづける意志だけは熾火《おきび》のように燃やしつづけていた。

蔵人介は長沼から受けとっていた五十両をそっくり抱え主に支払い、その場で佳奈を身請けした。そして、綿のように軽い身を背負い、市ヶ谷の自邸まで戻った。

暖かい部屋に身を落ちつけてからも、佳奈はひとことも喋らず、笑うことすら忘れてしまったようで、幸恵のこしらえた大根の味噌汁を啜ることさえ拒んだ。ところが、まだ床に臥《ふ》していた宗次郎との再会を果たすや、止めどもなく涙を流しはじめた。蔵人介が長沼の最期を教えてやると、ほっとしたのか、自分がどのような目に遭わされてきたのかを滔々《とうとう》と語りはじめ、ようやく胸のつかえがとれたようだった。

それから、佳奈は泥のような眠りに就き、数日は高熱を発したものの、志乃と幸恵のほどこした献身の甲斐もあって、すぐに食も通るようになり、顔色も次第に元どおりになっていった。

一方、大吉は道普請に差しむけるはずの二千両の使途について、勘定吟味役から厳しい詮議を受けていた。二千両そのものは御金蔵に戻しておいたが、帳簿を改竄《かいざん》した形跡を指摘されたのだ。

じつを言えば、大吉は帳簿改竄の責を負うべく、わざと指摘されるようにしておいたらしかった。無論、勘定奉行長沼将監の命でおこなった旨を述べ、悪事に荷担する恰好になった自分の処分も委《ゆだ》ねたが、蔵人介たちが下妻領内の荒れ寺でおこなった大仕掛けについては秘密にしておいた。

吟味役からは「自邸にて謹慎し、追って沙汰を待つように」と命じられたため、佳奈の無事を知りつつも、すぐに飛んでくることはできなかった。

長沼将監の一件は別の勘定奉行を介して老中にまで達せられたが、長沼はすでに病死として扱われており、今さら勘定奉行のおこなった不正を明るみに出すことはためらわれた。一連の出来事は幕府の沽券にも関わることゆえ、口外無用との厳命が下されたのである。

大吉は切腹か斬首を覚悟していたが、下された命は甲州勤番への配転だった。おそらく、勘定方ひとりを厳罰に処する確たる理由がみつからなかったのだろう。幕臣の誰もが嫌悪する「山流し」の沙汰を、大吉は嬉し涙に暮れながら拝聴した。

晴れて兄妹が邂逅《かいこう》を果たしたのは、一昨日のことだ。

兄は窶《やつ》れきった妹のすがたに絶句したが、妹は世話になった矢背家の畳に三つ指をついて毅然と訴えた。

「堪《こら》え性《しょう》もなく出戻った不肖の妹を、どうかお許しください。されど、わたくしは親切なみなさまのお力添えを受け、こうして生きながらえております。どうか、以前のように、おそばに置いていただきとう存じます」

「佳奈」

大吉は泣きながら身を寄せ、妹をしっかりと抱きしめた。

そして今日、ふたりは赴任先の甲府をめざして旅立っていく。

志乃は病みあがりの身を気遣って「無理は禁物《きんもつ》じゃ」と引きとめたが、佳奈は
「這ってでも兄と甲州へ向かいます」と告げ、武家娘の意地をみせた。

それだけの気概があれば、難所の笹子《ささご》峠も越えていけるにちがいない。

棒鼻の端に聳える南天桐のもとで、三人はなかなか別れられずにいた。

「宗次郎、わしはな、まだあきらめておらぬぞ」

大吉は悪童のように瞳を光らせる。

「おぼえておらぬのか。城をつくるというはなし」

「おぼえておるさ」

「せっかく生かされたこの身ゆえ、夢を追わねばおもしろうない」

「ふふ、それもそうだ」

「佳奈もこうして生きておる。甲府に行けば何やら、おもしろいことが待っている
ような気がしてならぬのよ」

頼もしい兄のことばに、妹もしっかりうなずく。

宗次郎は兄妹との別れを惜しみつつも、晴れがましい気分を味わっていた。

「それにしても、おぬしはお養父上《ちちうえ》に恵まれたな」

「ん、お養父上とは、どなたのことだ」

「きまっておろう。あそこに立っておられるお方さ」

大吉は蔵人介のほうをちらりとみた。

宗次郎は返答に窮しつつも、低声《こごえ》で応じる。

「あのお方は養父上ではない。鬼だよ。地獄の門口に立ち、善悪の選別をなさるお方なのさ」

「それは鬼ではなく、閻魔さまであろう」

「はは、そうかもな」

閻魔さまは仏頂面で佇んだまま、労《ねぎら》いのことばひとつ掛けようともしない。

それでも、そばで見守ってくれているだけで、宗次郎は安心できた。

暦《こよみ》のうえでは霜降《そうこう》を経て、あと十日もすれば立冬《りっとう》となる。

甲州の紅葉は、江戸よりもいくぶんか早い。

山里が錦の衣を纏ったころ、湯治《とうじ》でも兼ねて訪ねてみようかともおもう。

蒼天《そうてん》を見上げれば、渡りおくれた鳥たちが羽をひろげて飛びさっていく。

朝靄の晴れた街道のさきには、霊峰富士が朝陽を浴びて燦然《さんぜん》と輝いていた。

光文社文庫

文庫書下ろし／長編時代小説

大《たい》　義《ぎ》　鬼《おに》役《やく》 九《く》

著者　坂《さか》岡《おか》　真《しん》

2013年10月20日　初版1刷発行
2021年3月20日　5刷発行

発行者　鈴木広和
印刷　堀内印刷
製本　榎本製本

発行所　株式会社 光文社
〒112-8011　東京都文京区音羽1-16-6
電話（03）5395-8149　編集部
8116　書籍販売部
8125　業務部

落丁本・乱丁本は業務部にご連絡くだされば、お取替えいたします。
ISBN978-4-334-76635-1　Printed in Japan

組版　萩原印刷

鬼役メモ

画・坂岡 真

※ページ内側にあるキリトリ線で切って、備忘録にお使い下さい。

キリトリ線

キリトリ線

鬼役メモ

画・坂岡 真

※ページ内側にあるキリトリ線で切って、備忘録にお使い下さい。

鬼役メモ

画・坂岡 真

※ページ内側にあるキリトリ線で切って、備忘録にお使い下さい。

キリトリ線

キリトリ線

鬼役メモ

画・坂岡 真

※ページ内側にあるキリトリ線で切って、備忘録にお使い下さい。

鬼役メモ

画・坂岡 真

※ページ内側にあるキリトリ線で切って、備忘録にお使い下さい。

キリトリ線

キリトリ線

鬼役メモ

画・坂岡 真

※ページ内側にあるキリトリ線で切って、備忘録にお使い下さい。

鬼役メモ

画・坂岡 真

※ページ内側にあるキリトリ線で切って、備忘録にお使い下さい。

キリトリ線

キリトリ線

鬼役メモ

画・坂岡 真

※ページ内側にあるキリトリ線で切って、備忘録にお使い下さい。